# LIFE ARTIST
# 生活藝術家

序

# 我稱自己為生活藝術家

## I Call Myself a Life Artist

為什麼我會自稱為生活藝術家？因為這是我的專長、我的最愛，並不代表我很厲害、有多好的修養，或是有多大的創意，而是代表了一種我對生命的熱情、對生命的愛。

要成為一個生活藝術家的主要原因，並不在於智慧有多高或水準有多好，而是在於有那麼多的熱情、有那麼多的創造力，有綿延不斷、能夠一直愛下去的衝動。那才是做為生活藝術家最美、最有資格的條件。

我在藝術上有一股永遠不會停止的動力，對於生活、生命的熱情源源不絕，彷彿聖火一般永不熄滅。這就是我自詡為生活藝術家的一個心境。

以一個生活藝術家來說，生活的品質、條件與質感都要越來越好。如果有人要更了解我，或是要我解釋我到底在幹些什麼事，當然是可以說明；然而，我稱自己為生活藝術家，目地並不是要求共鳴，它是否會成為時尚流行，或是成為大衆所愛，並不重要。就像拍一個小衆的冷門電影，它不是好萊塢大衆票房的片子，但兩種都有它存在的價值。

生活藝術家本身，並不是要去迎合大衆口味而做的，而是以每個人可以去創造跟追求的一種哲學、一種形式以及生活態度。這只是個人選擇的一種身份。

如果讓自己成為一個生活藝術家，你會更快樂，你會讓自己的人生有更多的色彩，就像時時刻刻都能看到彩虹的幸福感，會讓你覺得生命源源不絕。你不會怕年華老去，因為老也是藝術裡面的一種表現，你會一直在生命裡綿綿不絕的發展跟創造。所以，我也鼓勵大家成為生活藝術家。

要成為生活藝術家，並不是因為你真的多麼有藝術天分，或是在生活裏搞了一個展覽出來，或做出一個雕刻、一個圖騰之類的作品。身為一個生活藝術家的理由之一，是因為你不斷的創造共鳴與感動的密度比別人高，比別人頻繁，也比別人細緻；這只是其中一種定義。

其實，大家都可以是生活藝術家——只要喜歡，只要願意。生活藝術家的哲學，是很普遍、很容易親近的。它並不特殊也不勁爆，它不是一個創新的名詞，也不是一個新的想法，但卻是創造人生的一個嶄新詮釋。

我自稱為生活藝術家，有一個非常重要的關鍵——我每一分、每一秒都很認真地去創造可能出現的感動，而且密度非常高。我是拼命地努力，讓自己去了解生活周遭的每一件事，生命時時刻刻都充滿震撼與刺激。

這就是為什麼我以生活藝術家自居的理由。因為這樣活著本身對我來說，就是一件非常藝術的作品。

心橋顧問公司總裁　陳海倫　Hellen Chen

## 一心二十七用

# 目錄

# 藝術的精髓

# The Essence of Art

所有的藝術就是講求精緻、講求細節，必須要非常精確、非常熟練，這樣的美才是藝術的精髓。藝術之所以被稱為藝術，就是稍微偏一點點都不行；稍微偏一點點，感覺就不一樣了。練過的人只要改那麼一點點，美感就完全不同。

譬如說，在服裝設計裏面縫紉的公主線，2吋半或2又1/4吋可以讓一件衣服變成名牌和不是名牌的差別。如果你常去觀察名牌或名設計師的衣服，或是服裝店看到的禮服，差別其實非常細微——就是那個細微，產生了價值、觀感上面極大的不同。

現在，咱們把同樣的道裡轉換在溝通上。講話裏面的一個字，「棒、很棒、非常棒、極棒」，那感覺就是不一樣。那些微妙的用字遣詞，讓感覺有很細微的差別，但就是那個細微之處，讓藝術顯得偉大。

把兩個釦子釘遠一點或是近一點的精確性，就是它的美感，要強調精緻、細微、準確度跟精密度，才叫藝術。

到底是不是大師，直線一筆畫下去就見真章。大師畫下去，看起來就是比你的直線漂亮，那裏面就是蘊涵著功力、力道、長短及深度。在鼓勵一個人的時候，也有這樣子的力道差別。

精密度的要求會愈來愈高，在突破的時候，它有各種型態的突破，要愈來愈精密，等到精密度不能再高的時候，就會重整，好像皮膚的自由基可以重整一樣，會化整為零重新開始。

這樣的歸零，是從你的那一個境界之後，再上去的那一個點開始算臨界點，然後方向、風格會改變，為了突破，這也是一個藝術的真理。

藝術本身就是創造，你完全去憑空想像出一種不存在的東西，然後把它修啊修，型態就會一直趨於純熟。成熟以後就開始加工，就好像賣麻糬的到了一定的成熟階段時，不管麻糬再怎麼變都沒有路的時候，麻糬本身的餅質就要開始變了，就開始加粉或摻Q粉，或是加芋頭、黑糯米或是加山藥下去，因為它的本質已經變到沒得變的時候，它就會再換一種型態。

那麼，為什麼會這樣？

因為它如果不變，就違背了藝術本身的基本意義。

藝術本身就是變，無中生有的變出來，然後精益求精。其中好壞的差別就在於改變之後，人家爽不爽、欣不欣賞，然後你有沒有突破，有沒有讓人家覺得震撼、驚訝或是喜悅。

所以，藝術到了最後，你就是會去求取呈現的另外一種方式。你自己也會覺得感動，或是鬆了一口氣，因為你知道自己已經更上一層樓了。

每樣東西都可以把它化成藝術。如果你實在不行了，講不出什麼東西，亂讚美一通，沒有招數好用，隨便亂用一招，那就是不藝術。因為藝術裏面的每一個步驟都要很明確，都要有意義，不是毫無意義的，所以你一定要非常明確知道現在用這招會有什麼效果。你覺得現在鼓勵到一個程度了，要突破的時候，會變成是一種讚美，或者是一種昇華。

藝術本身是會一直轉變的，當你要追求到最高境界的時候，你知道它為什麼變。有兩個情形，一個是為變而變——亂變；或者是已經沒有東西好求了，然後因為懶惰，隨便搞一個東西出來，這是不好的藝術品質。

如果到了一個非常極盡頂尖的程度，很自然地會變。那個變呢，如果變得好，永遠是非常受歡迎的，永遠是變成風潮，變成時尚，變成流行，變成一個趨勢，那就表示變得好。

藝術到了最高境界，它會變這樣。

不管是舞者、音樂、演奏家，在突破的過程中很自然會變成這樣。那是很正常的結果，當你認真創造的過程當中，一定會變這樣。

為什麼有些藝術家會被覺得說最近沒新意，創作不出什麼新東西來，你會聽到有人說：「啊，那個人遇到瓶頸了。」，因為他找不到可以變化的方式；或者是說，差不多該變了吧，就像牛肉再煮下去，味道再好也會乾掉，滾瓜爛熟再爛就什麼都沒了，已經到極限。那個東西就是一個瓶頸。

既然講到藝術，我們也把「瓶頸」做一個詮釋。

當你沒辦法再變了，你的那一鍋牛肉煮到稀爛，已經沒有藝術可言了，它本身沒有美感、沒有新意、沒有變化、不夠有創意的時候，大家就覺得爛了，招式用老了。

在突破瓶頸的過程當中，是一個高原期的狀態。一個真正在努力、在研究或在理想的、理論的狀態裏面，你應該一直會變下去，這是一種境界，一種理論上的層次。

但一般人多多少少會因為其他事情被影響，像是健康、心靈、環境、體力這些事，沒有能力再繼續努力，比如下圍棋到一個程度遇到瓶頸了，腦力不支或體力不支，這是一種外在條件跟環境因素所造成的限制。

可是理論上，他應該會一直進步，能力應該是無限的。如果純粹是以精神領域來探討這件事，我個人認為是沒有極限的。你要把它顧得漂漂亮亮、乾乾淨淨，需要很新鮮、很有氧氣，要有正面的力量。

我個人不喜歡負面的東西，因為它沒有空間、讓人窒息、不得生存，那些怪異的、獨創的、被認為是新潮流的，最後都會沒落消失，難以被接受或認同。

不會消逝的，就是那種永遠聽不膩的老歌；至於那些會消失的，就是在創意當中只為了迎合當代的流行趨勢，最後會被淘汰。負面的東西發展到最後就會沒落，因為它讓人不舒服，發展的方向不對，也美不起來。

就好像為了造景，你刻意把植物弄得很畸型，一般正常情況沒有人會故意把樹掰成這樣，因為它的自然本身就是一種美。你可以改良品種或是用特殊方法去栽培，那是一種延續生存方式，可是你把它拗成不是原來的模樣，我認為，那就是一種負面的動作。

如果不是真正的生存，不是真正美感，不是讓人看了很舒服的東西，就好像有人把藝術故意弄得很髒、很噁心，那種東西都不會留傳很久，只是一時的興起，有一些少數人會附和一下，可是那些產品都不體面，上不了檯面，因為它不夠正面。

我個人主張藝術一定要正面，因為它講求的是美，不美的東西硬是要把它拗成說是藝術，我個人認為它根本就不入流；就像刀法可以是一種藝術，但把刀法的領域涉及去如何虐待人，還要把它稱為藝術？這種心態非常噁心，根本不該予以討論。

有很多藝術為什麼會有爭議？因為有些人對臭的、爛的、髒的、毒的、噁心的、有傷害的，竟然也把它列入可以討論的理論或是主義、思想、哲學或是藝術，這個東西本身引起爭議，因為它有負面性存在，我個人認為它是不應予以討論的，因為它是屬於不正常的，屬於邪惡、不生存的，它是屬於爛的、不美的，所以我就不予討論這樣的東西，這是我個人的見解。

# 生活藝術家
## Life Artist

藝術是美，那生活呢？有各式各樣的東西在裡頭：喜怒哀樂、悲歡離合、生老病死；每個都像四片圖畫拼在一起。

藝術家的專長是處理這些不同的素材，譬如說，你怎麼樣去處理木材的雕刻？怎麼去裱這幅畫？你用什麼漿糊？怎麼黏？怎麼拉？這些都是藝術。

而我是一個生活藝術家，我的素材就是人生，那我該怎麼去處理人生當中的喜怒哀樂？怎麼處理人生當中的悲歡離合？這種情感的描述，正是小說、電影會好看的地方，也就是處理悲歡離合的一種手段。

舉例來說，兩個分手的情人之間的溝通。他們都不必見面，三年不見，他來的時候，我不在；我在的時候，他就不來；彼此之間的溝通靠著蘋果派，我送他一個蘋果派，他會留一份給我。我們是分手了，但那份愛意是繼續的，我會買他最愛吃的，他也會留一份給我吃，當我回到家裏，就看到一份蘋果派。這也是一種生活溝通的藝術，就像一陣風，來無影、去無蹤。如果再等不到人，那種濃郁的思念就慢慢變成六、七月初夏的風，開始熱了起來。

那種感覺真的很棒。因為他們有溝通，但是都沒有見面，這就是人生中悲歡離合的處理。所以，就算人都已經埋在墳墓裏面，都還可以把梁山伯與祝英台的故事搬上舞台，那就是藝術家的一個手法。

在這本書裡，我會以生活裏面常遇到的事情，分成很多的細節去分析。一般人研究單一的藝術形式，我當然沒有辦法每一樣都練到很精，可是盡量地在每一種生活方式做到專業水準。因為呈現出來的品質越好，碰撞出來所產生的藝術就越精緻、越美麗。

藝術本身有一個非常迷人之處。它之所以為藝術，就是因為精緻。藝術是很純熟地被生產出來，因為非常熟練，產品幾乎是渾然天成，這裡面所蘊含的美，創造者的功力，那些水準都要很傑出。

以生活的角度來說，每一樣細節都要鑽研。

怎麼樣可以真正地唱好一首歌？

怎麼樣可以真正地插出一盆賞心悅目的花？

怎麼樣可以寫出一首好歌？

怎麼樣做出一個好的曲子、填出好的詞？

要怎麼畫出很乾淨的妝？

怎麼樣做髮型會有不一樣的變化？

你要對每一樣事物都很認真、很細緻地去研究。我在這方面有很豐富的經驗，因為這是我基本的強項。

每一個人都有他自己專精的區塊，以及他所擅長的呈現方式。我的專長，就是在生活上面呈現各種藝術，所以我在每一個地方，會分開每一個細節去講出差別，再把它全部組合出來，然後再碰撞出好幾個銀河系來。

當你經歷一段特別的情節，對某些事情有一種期待，或是一種失落，或是一種思念，它都不見得是感動。可是，為什麼那樣的東西會被解釋成感動？其實，是一般人把這種刺激跟感覺形容成感動。

我覺得應該有更好的講法。這不是感動，而是一種共鳴。

譬如說，你曾失落過，現在你看到他寫下來的失落，心裡會覺得共鳴，那個共鳴常被稱之為感動。但其實不是真正的正確，因為感動的意思不是這樣；可是你看完後你沒有感動的那種感覺，但是你很共鳴，你突然就會覺得這樣的文句很美麗，很優雅，甚至有時候是滿悲傷、滿淒涼的，然後你會覺得那種境界很吸引你。

以一個生活藝術家的角度，就是無時無刻地在萃取這樣的感覺，在生活裏面不斷地發揚光大。而且，你能夠共鳴的密度得比一般人還要高出許多，那是一種藝術家的風範跟品質，展現在生活中的每一分、每一秒。

藝術對我來說，還有另外一個定義，是指境界。

你大可以這麼說：「我這樣每次都吵贏，也很藝術啊！」，「我穿這麼醜，也是藝術啊！」，那是一個境界的問題。在人生裏，並不是每一樣事情都讓人那麼滿意的，因為它有境界的問題。

有時是高處不勝寒——藝術嘛，就算你境界很高，有時候太藝術、太前衛了，就沒人看得懂或不大衆化。並不是大家看起來都覺得漂亮的，就一定比較符合藝術的標準，但我倒不覺得要把生活「藝術化」到純粹只為藝術，然後完全不顧實用性，就像導演拍藝術電影，只求自己爽，完全不顧票房好壞。

生活藝術家的理念是如此：藝術是生活化，生活本身就是藝術，它保有一種高尚境界，但比較趨向於大家都能夠了解的層次。譬如說，畢卡索早期的畫就是我覺得大家比較能認同的，至於晚期的作品，他要表現的藝術理念就遠遠超越一般人能接受的層次。

像爵士樂，聽了還真的可以引起共鳴。有些音樂就聽到耳膜差點破掉，也許那也算是一種藝術，但是我覺得，我比較傾向走向大衆化。並不是說我喜歡老歌或某一種類的曲風，但我比較趨向於有在溝通，或大家比較能夠認同、可以明瞭，而且是大人、小孩都覺得可以接受的。

所以，我比較注重的是水的品質、空氣的品質、人與人之間的舒服度之類的標準。如果你問我，我的藝術標準是什麼？就是生活的標準——美，舒服的品味。我的藝術就是水要好、空氣要新鮮，儘量是屬於比較沒有污染的。

至於人與人在一起，怎樣叫藝術？打架也是一種藝術啊！但我指的藝術，是在於人與人之間的那種舒服度，那種境界非常高。不管是我講笑話給你聽，或者是看你一眼，都能讓你很舒服，這就是我所謂的藝術，很生活化。

但是，看起來愈簡單的事愈不容易做，那是一種很高的境界。

境界，也是個人的定義，因為藝術家有很多種，有的人專門走悲情路線的，有的人是表現很滑稽的，或是很撲朔迷離的，那都是藝術。可是，不管走的是哪種藝術路線，最後都會走到一種「曲高和寡」的層次。

我講求的藝術，比較偏向於大衆化，或是比較基本。所謂基本的意思，是指不會玄到只有少數民族、極少數人知道。

但這些基本，還有更深一層的意思——是屬於天理。

以大自然來形容，這種藝術，比較偏向於早上太陽會從東邊升起來，晚上太陽從西邊落下，然後月亮會升起來。這樣子的天理是一種藝術，就是大家都滿接受的一個天然定律。但因為時代在改變，大家就變成以前要這樣，但現在不要這樣。我要講的是天然，是屬於天理的現象。

當你看到一個女孩，你說：「哇～她化妝化成那個樣子，真是漂亮！」化妝可能純粹只是技巧，可是化到最後，她表現出來的樣子是自然的，是讓人舒服的，是真正有在溝通的，這對我來說就是一種藝術。

人都喜歡感覺自然、舒服，不喜歡畸形，我指的是這種自然。那種本來可以自然、感動的，讓人覺得舒適跟美麗，會觸動你內心深處的所有事物，就是藝術。

我個人主張把生活藝術化。在這個時代裏，怎麼去讓生活有更美好的突破？有的人提倡慢活、旅行、簡樸、環保等等這些東西，卻還不如以藝術的方式來過生活。

以一個生活藝術家的精神來看，在大家很繁忙的時候，你可以靜靜地練素描或是作畫，以這種藝術境界的生活，來面對經濟上的衰敗、品格的墮落、環境的污染，是很好的一個反思。

以一個生活藝術家，如何來看待危機的環境？就好像一個鋼琴詩人，碰到戰爭會怎樣？他一樣去當兵，一樣彈琴，每一次彈琴仍然都會震撼人心，連軍人也會喜歡音樂。十七、十八世紀有很多偉大的音樂家、藝術家，不管戰爭如何進行，不管世界如何墮落，他都可以在生活裏進行偉大的藝術創作，日子也活得挺好的。

我既然以一個生活藝術家自居，遇到經濟危機該怎樣繼續活下去？我還是很熱誠地、很樂觀地、很有使命感的態度去把生活完全藝術化。

這是我提倡的一個嶄新風格，也是一種人生的境界，就是把生活藝術化，從生活中，不斷的練，不斷的修，這就是一種藝術的創作。用藝術的眼光來看待人生，讓生活格調更清爽，成為人間的一股清流。

藝術家，必須具有領導這個領域的責任。

# 一心二十七用
## Using One Mind as 27

我常告訴我的職員，一心一用是不行的，一心兩用仍然不夠——一心一定要二十七用，生活才會精采。

「一心二十七用」所追求的，是一種突破。一開始，也許你會覺得自己分身乏術，沒辦法一次應付這麼多事情。你要怎樣才能讓自己覺得到了「乏術」的地步？怎麼樣才能讓自己的心力用到夠淋漓盡致？我覺得，二十七是個好數目——當然，能夠更多用會更好，要是你能一心五十四用，當然也很好。

但是，一般人沒辦法同時做到一心二十七用，這對我來說卻是一個基本的要求；當你同時要進行二十七件事情，生活的精采度跟刺激度就會有非常大幅度提升。

就好比說，如果你是服裝設計師，我覺得你應該知道二十七種最新的時尚款式；如果你是一個舞者，至少你要有二十七種舞蹈風格，你必須要有那樣的「量」，才會有夠好的「質」。

二十七只是一個基本數字，在實際的生活領域上，要面對非常很基本的東西，好比柴米油鹽醬醋茶，絕對不只二十七就能通通包括。生活藝術好比在煮所謂的印度菜，如果你只是照食譜做並不難，難就是難在那些香料的組合。要煮印度菜，基本的香料就有一百多種，你必須徹底了解每一種香料的屬性，怎麼樣搭配可以配出可口的菜色，又要達到色香味俱全的標準，類似這種領域的研究，就會讓生活藝術家的品質一直提升。

凡事要達到足夠的「質」之前，「量」一定要夠。一個人如果只能擁有一個Style是不太夠的，你應該要有二十七種風格在同時進行。

基本上，小孩子生出來以後就讓他學二十七樣東西，在德、智、體、群、美，五育兼顧的情況之下，對小孩子會很健康。二十七只是一個數目，理想就是要很多元。

如果你一輩子就只會四樣技能，哪能算多元？又會多精彩？如果今天要舉辦飲食文化節，連店家都沒有二十七家，又能算得上什麼飲食文化節？還要看什麼不同的攤位？給人的感覺就很貧乏。你光是去夜市逛一逛，能吃的都不會只有二十七種。

你在同時間做二十七件事，這些事情會再產生乘上N次方的效應，就像這樣一直讓它不斷地撞擊下去，就會有很多永遠不會停止的變化，就像一個銀河系又加上一個銀河系般地不停產生、不斷變化。

而後，你也不會回頭去看另外一個銀河系，因為有一個新的銀河系產生，每天都在製造這些光、這些美與這些力，生活中每一樣東西都在這種結構下變化，你就去追求更高層次的美，一直去尋求更純熟、更深奧、更感人或是更有共鳴的溝通。

在這樣的溝通裡，你必須一直去創造，對於生命有更多的了解，有更多的愛，這樣的藝術會永無止境地一直延續下去。我一直在做這種思想的工作，很認真、很努力的研討、創作跟學習，精益求精。

在生活裡，創造的密度夠高，生活本身就會變成一種藝術。就像一幅畫可以永世不朽，你每看一回就有不同的真實性，看夕陽跟日出的時候，會有不一樣的情境，不管你怎麼看它，它都在對你綻放出生命力。如果達到這種境界，那幅畫不管怎麼看都是藝術，很真實、很美、充滿活力。

生活藝術家所探討的，並不是一個點、線的藝術，也不是平面的藝術，它是一個超越三度空間、六度空間以上，N次空間的一種形式。

為什麼這個話題會這麼有趣？因為藝術，是用某種形式來表示的。當你用畫來表示，就是一個平面的呈現；當用音樂來表示，就是一個時間藝術，你是在一段的時間裏面呈現出這些音符的組合；當你是一個室內裝璜設計師或建築師，就是用三度空間來呈現藝術之美。

至於生活藝術家，他所使用的材料就是「生命」本身，這個東西非常令人感動，沒有所謂的三度、六度空間，因為他是N次元的，是無限的、永遠的。

生命的題材不會只是拿一個石頭來雕刻，不會拿一堆木材合併之後做為展示；生活藝術的題材是生命，在生活裏面是靠著物質跟靈感、生命、感覺、情緒、語言及動作，所有的空間、時間全部結合在一起，成為生活；而生活的形式，就是一個藝術作品。

另外，生命本身不會是藝術，要讓生命之所以變成藝術，一定要透過生活。透過生活來展現生命的藝術，那樣的生活就是藝術創造的一種形式。

在藝術的呈現上都要有形式，不管是插花，或是創造家具，或是服裝設計，都要透過一種形式來展現要表達的情境。生活藝術家就是藉著生活的格局、方式、內容、精彩度、震撼度種種的共鳴，來做為表現藝術的一種形式，讓生命透過生活去展現。

因為生活裡所用的素材或本質太過於龐大，常會讓人無法衡量，以這樣的藝術型態，能欣賞或能看得見的人，也必須要對於生活裡的各種事物有一定的敏感度。

就像我們所看到的繪本來說，該怎麼去欣賞繪本？這是一種關於視覺的藝術，一種觀察的美感，而不是文字閱讀的，是去了解圖畫裡面的內容。當一個觀賞者運用視覺去理解圖畫的時候，他的鑑賞力和創作人本身的觀點與視野，一定要有相同的共鳴，要能夠看得懂創作者的藍圖跟境界，才有辦法知道圖畫裡的美。

當我們在討論達文西的名畫「蒙娜麗莎的微笑」的那種美，我可以把東西展現給你看，所有的秘密就在你前面。可是你並沒看出那個笑容有什麼美，或是裡面有什麼玄機，原來那樣子的呈現會是一個藝術，那種美對你來說並不存在。你沒有辦法看懂的原因，是因為你沒有辦法閱讀，沒辦法理解，當然也就看不到這當中有什麼美。

生活藝術家是透過生活本身的方式呈現，你可以看到許多隱藏在生命裡的美麗與秘密。不過，既然生活藝術的美是展現在生命裡，在這當中會有非常大的可塑性。生命讓人覺得刺激的地方，在於變數非常大，幾乎沒有一秒鐘是同樣的狀態。

以物質不滅定律來說，只要是物質，總有一天會腐朽。在物質的世界裡，任何東西在時間軌跡上都是會改變的，即使一張椅子放在那邊，隨著每一秒鐘流逝，它是在改變的。在幾百億萬年的時間裡，這些物質會改變，慢慢會壞掉。

當你看一張照片，它好像每天都一樣，或是差不多就那樣，頂多是隨著時間久遠，相紙稍微泛黃了些。可是，生活藝術非常讓人驚心動魄的地方是，生命沒有一秒鐘是一樣的，而且永遠是延續的。

如果你看動畫或是電影，它是由許多畫面組合之後的平面呈現，但是我們的生命，在每一分、每一秒都永遠不一樣，N次方的空間跟可大、可小的感覺，永遠都在改變。

那個東西，就是一種是藝術。

也許，你曾看過關於燈飾的藝術展。展場有時亮，有時暗，光影、明暗的層次是一種特別的設計。像畫畫，你畫了三十張，就可以開個畫展；或者是今天晚上開一場音樂會，時間大概兩個小時，演奏個交響樂，一般的藝術是這樣的形式。可是，生命是不會重覆的萬花筒，這樣的藝術品是時時刻刻銜接的，而不是一件、一件的作品。

所謂的生活藝術家，應該要擁有一種澎湃的胸襟與氣魄。如果要插花，他心裡不會想著一盆、一盆把花插好就結束，而是完全一心二十七用，把所有的事情在同時間執行，讓美感一直在生活當中綻放。

對於能夠觀察的人來說，這是非常非常震撼的。然而對於呈現這種藝術的人來說，是極度具有挑戰性的，因為生命一直在改變，看著生活藝術家在表演，就好像二十七件事乘上十億萬種形態的方式一直改變，沒有任何一秒鐘是相同的。

當你看一個人的表情，他每一刻都在變。如果用相機把他的表情拍下來，咔喳、咔喳連續照個五張、七張，最多也只能照這樣，底片數量一定有限；就算把他的表情變化用錄影的方式記錄下來，它還是二度空間。你看不到對方很多心境上的改變，他有很多的內心對話、思想跟氣質轉化，很多東西沒有辦法整體表現出來。

身為一個生活藝術家，當你一直在進行許多事情的同時，包括穿衣服，也包括講話，也包括各式各樣的事情，但這些藝術是一直連續的。如果你夠認真，其實一眼是看不完的。

一個生活藝術家的精采度，本身是一個值得探討的話題。你的共鳴度出現過幾次？就像所謂的漫畫或是電影，裡面的精采度是多常出現？為什麼這些精采的畫面通常很短？因為精采的畫面，感動的密度高到每一秒鐘都在呈現共鳴；所以既不能太長，也不必太長，最多就是三頁，然後故事就結束了。

如果你仔細去觀察過漫畫的鋪陳，它的精采度會維持在一個水平，然後會有一個高潮，高潮之後維持在一個更高的水平，然後會再遇到另一個高潮。電影也是一樣，它會有幾個高潮在裏面，或是一個特別的對手戲。

但是，像那種頁數很少、繪製很精美的繪本，精采度的呈現方式又不一樣了。它的厲害之處，是在於高潮度是你在翻每一頁的時刻，幾乎都是一個重新開始。你從第一頁開始看，它的畫面一直都是處於高潮的狀態，你一直看、一直看，會發現一遍還看不完，你會想要看第二回合。然後又看了第二遍，你的感受又不一樣，又想回頭再看第三遍……。

這會讓觀賞者有一種感覺——那個畫家用了多少時間、多少功夫去畫出這幅畫，你至少要用他作畫的十倍時間，來消化這畫裡面的內容。因為你必須了解作者的構思、創作跟結論，你也要感受創作者如何發揮心靈上的一種震撼，在那些畫面裏不斷地發生。

如果你能明白畫家畫圖的功力、他的用心，你可以感覺到呈現出來的震撼度，所以好像看不完一樣。你會一直想要再看一次，過一陣子再看一下，有時會特別想看這個地方，有時會特別想看那個角落；某一頁有個表情很吸引你，你就一直想看這個，為了看這個表情，你又發現到之前沒注意的地方，發現到別的色彩……。雖然那張畫或那本書一開始就是這樣，但對你來說，它似乎是一張活的畫或是會動的書，它一直在變化。

這就是藝術本身的深度。不會讓你看完就再也不想看第二次，或看第二次之後，沒有任何新意或其他的發現。

這也是藝術家與讀者之間的對話。他在不同的空間與時間裏跟你對話。過了三年，你還是很想要看那張畫，然後你又把它翻開來，再看一下，也有了新的體會，那時你又跟作者心靈再次有了交會，那種感覺真的很美。

不同的時間，不同的地點，不同的心境，不同的感受；但卻可以一再的共鳴，且每次都有新意。真是偉大的意境啊！

我可以感覺到，如果一個小孩叫媽媽去看他手上正在看的那本書，其實真的讓人很感動。因為孩子覺得作者幫他訴說了心裏要表達的心意，他想透過手上的書，傳達自己心裡的那一種感覺。那一份可以讓別人共鳴的感受有多少次，就是藝術的精采度，也是藝術家溝通的力道。

在文具店裏面，你看到一張卡片，它吸引了你的目光，讓你不能不把它買下來。或是你看到一張非常驚艷的禮品，很適合送給某位朋友，那種感覺真的很奇特，心裡的震盪就是藝術的生命力，這就是一種美。在時空的交會和碰撞中，你會看到一張讓自己魂牽夢縈的影像，你對自己發誓一定要擁有它、忠於它、愛它，這樣的美就屬於你，你也就佔有了這個感動。

一個優秀的藝術，應該要能達到一個境界，就是它的表現能夠有多層次的溝通意念。在溝通之後，你甚至還可以把它變成另一種形式，傳達給另一個人，那個作用真的很偉大。

就像很多人看完「世紀大媒婆（編按：陳顧問出的書）」之後，一定要再買一本送給某個朋友；後來想一想，不行，再買個六本才夠，還要送給誰才行。他不一定表達得出來他自己的想法，可是在他看完書之後，他會覺得朋友需要或是會喜歡，他就會很想告訴你一定要看這本書；可是這份心意，已經跟出書的作者無關了。至於被送書的人，也有另外的領悟，不會只有作者自己的哲學。這其中的碰撞，也是生活藝術家應該要去創造的多層次藝術，無限奇妙又美好。

因為工作的關係，研究「生活藝術」這種事情是我的專業。我所研究的，不是只有一件藝術品、一張畫、一首歌、一盆花；所謂的「生活藝術家」，是一連串、一連串生活中的感動與共鳴，它所產生出來的東西，是27的27次方，N次方地不斷撞擊。

這就好比寫了一本書之後，變成別人手上的一個禮物，改變生命的一個工具，然後變成一個文化；那個改變本身就是一種藝術，在生命裏一直碰撞下去。書只是一個物質上的產品，可是你所創造出來的產品項目愈多，你再碰撞下去的機率及後面產生出來的效應，是N次方的N次方。若是以數學的觀點來看，不知道有多少個銀河系就這樣被創造出來了。

那種感覺，真的很美；幸福無限，神采飛揚。

一心二十七用

# 之一 聊天

# Chatting

聊天，其實是一件很耗費體力的事情。

你要聊得很爽，就不能隨便哈啦，一定要很聚精會神地去聽對方在講什麼，而且還要適當地去回應對方所說的話。這非常耗體力，只是一般人都沒有這麼努力地去聊天罷了。

如果是跟好朋友去看電影，或是約出來吃個飯，譬如說小學同學見個面，聊天其實是滿輕鬆的。我這裡指的聊天會很「累」的意思，像是我幫人作媒，我去跟新郎的岳父聊天、或是我跟老公的朋友聊天的這種情況；這些人我可能認識，但不算是很親密的朋友，或不是我真正很熟悉的夥伴或家人。像這種聊天，消耗的體力可不得了！

這種聊天比較像是應酬，也像在下棋。雖然表面上是聊天，但站在溝通的立場上，你是為了讓他開心，你要讓他覺得舒服，而且大部份的情況是為了要建立一些好印象，你想要去聽他要表達些什麼。尤其是長輩或有公事來往的人，這種「聊天」所消耗的體力絕對不會少。

所謂的公事來往，就像將來會有做生意的機會，以後我可能會找你辦什麼事情，或是有時候你有什麼生意，就會介紹給我；這種關係的層面，會讓聊天比較拘束一點，但仍必須呈現出活力和熱情，專注力要非常高。要展現熱情、活力的這種體力，跟你的好姐妹或很親的同學聊天是不一樣的，你跟這些親友聊天時，是不需要耗到這麼多的體力。但話說回來，當你想要來個精采、暢快的聊天，那還真得耗費一番體力及功夫。

所以，認真聊天會增加一些張力，像打乓乒球不能失誤。如果自己人練球，反正就打一打，殺球得分或出界都無所謂，反正大家都嘻嘻哈哈。若是跟其他人，你好像要很規矩的有來有往，然後你要懂一點技術，球一直要過來、過去，你不能把球打亂掉；以溝通來說，你要一直聽得懂他在講什麼，每一分、每一秒的精確度就比較高。

所以，一般人不太喜歡跟長輩聊天，相對壓力也比較大，怕講錯話，或是要這麼專注，或是要耐著性子聽完長輩講他要講的話。

很多時候，我們和長輩講話會有代溝的問題。年輕人可能覺得，你講這些的目的要幹嘛？或是覺得話題太嚴肅，或覺得長輩在說教等等。

長輩到底有沒有想要說教，這得要問問講話的人，因人而異；但長輩會想勸或是想教，或是想告訴你一些他認為對你是好的，他想承傳他的經驗給你。在這種情況下，你就需要很多的體力、腦力與心力去應對。

以我來說，我的工作是顧問，我每天都講很多話，所耗的體力、說話的量、專注力非常大，不管講話的對象是誰，對我來說都是一樣的，我就不會覺得特別累。我跟學員的爸媽講話，或跟我自己的爸媽講話，所耗的體力沒什麼差別。但是，一般人比較少這樣，那是因為沒特別練過，他就會明顯覺得跟自己爸媽講話和跟別人爸媽講話一定會不一樣，自在度是不同的。

我跟陌生人講話，不會覺得特別有壓力或感到很疲倦，那是因為我可以馬上適應。但一般人不太喜歡跟陌生人或長輩講話，就是因為體力不夠，沒辦法了解對方講什麼，也沒辦法適當回應，所以就覺得很累、很煩、很無聊或是根本不想面對，不要讓它發生最好，能躲起來更好！

我覺得，這些大家不太曉得的理由滿值得提出來的，這些事實對於讀者或許會有幫助，一般人也了解到底是為什麼。

和長輩聊天常會有這樣子的情形，到底錯在哪裏呢？其實沒有對錯，只是在溝通一開始的條件就不太對。

溝通本身，必須是雙方願意討論的題材，才可以開始講，至少一方願意講，另一方有興趣聽。長輩有時候就是一廂情願，晚輩也一樣一廂情願，所以就「有溝，沒有通」，沒辦法得到交集。應該是長輩要得到晚輩的認同才講，晚輩也應該徵求長輩的意思——簡單來說，我們兩個人要有共同的遊戲規則，而且彼此都能了解，才可以開始比賽。

一般在溝通時，常常沒有規則就直接開始，這就是溝通出問題的一個盲點。遊戲沒規則，要怎麼玩？又有什麼好玩可言的，是嗎？

為什麼比賽會有裁判？因為得分就得分，出界就出界，裁判說了算，有人主持公道，照規矩走就有明確的輸贏認定。比賽輸贏也不是很重要，但至少它有一個大家共同理解的規則。

可是，在溝通上面呢？講難聽一點，一般人的溝通要不是很三八，就是很野蠻。因為他就趴啦～～～～嘰哩呱啦！想都沒想，就直接把話說出來了，搞得對方滿頭霧水。

「啥？就這樣？」

沒有辦法去制止對方，因為他根本還來不及知道發生了什麼事。

以比賽來說，像在打沙灘排球，你會知道出線、界外，或是棒球有三振出局，它有固定的規則，或是籃球運球停頓、兩次運球或籃下三秒，你被吹哨子就沒話說，大不了就播帶子給你看，沒什麼好爭議的。

可是在溝通裏面，有一個問題是，大家並沒有了解怎樣的溝通是目標，要有什麼規則？會有什麼結果？生活中，常常在溝通這件事情上一再地發生問題：吵架、翻臉或不愉快等等的結果，這些都不是任何人想看到的！

到底溝通有多重要？有多麼偉大？

生活藝術家裏面的每一個話題、每一樣東西，都沒有離開過溝通這個範疇。

對我來說，只要是跟人有關係，即使只是一張沙發椅，它都存在溝通的價值。為什麼？因為它跟人有關係。

為什麼要發明一張沙發椅？為什麼房間要擺一張沙發椅？就是一定會有人看到或需要。有的人可以很偏激地說，我設計這張沙發是要給狗坐的，這就跟人無關了吧？可是，就算是設計給狗坐，除了要讓狗覺得舒服之外，還是要有人欣賞這張沙發，才會去買它。就算是給狗坐的，還是要看主人的意思，最後也還是跟人有關啦！

所以，不管你是幹什麼的，生活藝術家最大的中心思想，有**99%**都跟溝通脫離不了關係，因為它跟生活有關，就跟人有關。我特別喜歡講溝通的話題，特別喜歡研究溝通，因為人的問題全部是跟溝通有關。

聊天其實就是要溝通。為什麼有人聊得很愉快，也有人聊得不愉快？我個人認為，若是聊天的雙方都能遵循規則，應該都可以聊得滿愉快的。

你不能聊到非常痛快的原因，是因為大家保有個人色彩。其實，就算有個人色彩也是OK的，你至少可以聊到85分，是及格的分數，至少雙方都會爽。至於想要聊到很痛快，像是情侶關係、親子關係要聊到很爽，或是二十年的交情，今天終於把話講出來的那種爽法，是要有特殊話題，或是剛好聊到彼此都想聊的，大家臭氣相投或是有共同的溝通方向。這個時候，彼此會覺得有交集，這才是聊天最好的境界。

一般聊天，至少都應該要有85分的水準。可是，這種品質很難要求到，因為一般人的聊天並沒有聊到什麼正經事。

同事吃飯，談談公事，八卦一下；情緒稍微好一點，開開玩笑，但是都還沒有達到聊天的境界。如果是回到家裏，遇到兄弟或是父母，大家就閒談一下最近怎麼樣，打個招呼，或者是聊聊天氣，講的都是那種家常的閒話。父母說的，不外乎就是有什麼可以吃、最近牌友怎麼樣、舅舅怎樣、阿公阿媽怎樣、最近家裏要裝潢，或是買了保險……，就是講這些「瑣事」，也還不算真正達到暢快的標準。

在理想的狀態之下，100%的高品質聊天，應該彼此都覺得自己想說的話都說完了，也都被對方完全了解了，而且兩個人都非常開心。雖然沒有一個對錯的標準或勝負的目標，但是你會覺得有表達出自己的思想，然後對方能夠了解。

有時對方不一定會同意，可能會講一些他自己的看法，你也覺得頗有見解；有時候針鋒相對、見招拆招，但彼此的水準還要滿平均的，才會覺得好玩。這種感覺，就像打了一場精采的乒乓球一樣。打了好幾局，真的有打過球的感覺，有流汗，中間沒被打斷，有輸有贏，也覺得領教了。

品質不夠好的聊天，就像打了幾局的球都還不曉得誰球技比較好，或是沾醬油一樣沒有什麼深度。聊天的深度要夠，才有達到溝通效果，才算有共識，才會覺得是一場暢談。兩個人講到自己要表達的一些東西，不管是什麼話題都OK，因為聊天本來就是沒有什麼特別的方向跟理由，也就是所謂的閒話家常。但即便是話家常，也有個境界的。

聊天應該要有一個娛樂價值，要好玩；你達不到85分就不好玩。譬如說，你聽不懂人家在講什麼，人家講的你沒有辦法回應，或是他的談話深度你接受不了，或是對方講話沒深度，或是他以為他在聊天，其實他只是在八卦。有些八卦是講好玩的。但若是他的八卦內容都是抱怨、罵人為主，這就不是聊天，而是一種疲勞轟炸。

至於所謂的話不投機，有哪些原因？

用一些平常的事情來比喻。你拿高中的數學給小學生看，當然就話不投機，因為對他來說太深了。

選擇的話題不對，也很容易引起話不投機。譬如說，你跟女生一直講引擎或戰車，女孩子當然會覺得話不投機。當然，有些比較特別的人會有興趣，像是現在有很多男孩子喜歡洋娃娃，這另當別論。但我講的，是指那個人本身對那個話題沒有興趣，你去跟他講他沒興趣的東西，當然就會話不投機。

對一個很不愛吃東西的人，你偏偏跟他討論飲食，對他來說就很痛苦，因為他根本對吃沒概念，又要如何談論欣賞呢？像我們喜歡品嚐美食的人，對那些吃東西沒有品味的人，真的是話不投機。你跟他談論美食，他們會覺得：「你幹嘛吃那麼好？食物放進嘴巴裏面，反正吃進去通通都一樣，何必講究吃？」像有些餐，還特別講究第一道上什麼、第二道上什麼、鹹的甜的、熱的涼的……對於那些「吃下去都一樣」的人來說，他根本不在意你上菜的順序是什麼。一開始上菜，甜的、鹹的隨便亂吃，他沒有這種標準，冷熱也亂攪和。

如果不計較太多的話，你可以說這樣很瀟灑、很隨興、無拘無束，也是一種樂趣啦。但是，對於那種很有品味的人，或是很古典、遵循傳統的人——譬如英國式的下午茶，英國人就是一板一眼的，你把它的順序亂搞，他就覺得你很低級、沒有品味，當然就話不投機。

就像美國人常穿個西裝，下面穿個步鞋就進餐館了，對英國人來說，這哪能用不投機來形容呢？簡直是不入流！這個東西就會造成問題。

另外一個不投機，是一個溝通的基本問題——他根本沒有專心聽你講話，他沒有很認真，這個問題就很糟糕。

聊天雖然很輕鬆，但起碼也要有個水準。如果你在跟對方在聊天，他一直接電話，他一直在看手錶，他在打電腦、在看電視新聞、在看股票，他的心裏一直起伏，就沒有辦法講的很投機。

還有一個理由是「講話」的能力比較不足。譬如說，他只喜歡講話，卻不喜歡聽別人說話；或者是只要有人一講話，他就會一直打斷對方，「喂喂喂，我跟你講喔……」另外一個人就會覺得應該走了，聊不下去；聊到最後不是口乾舌燥，而是手快破皮了——因為有人會一直打他，打到手都快破皮了。

講話的修養不夠，就會出問題。像講話很有水準的人，你一開口，他會停，先讓你講，非常優雅。可是也有一種人很野蠻，你可以在麥當勞或在戲院看到，兩個人同時都在講，公說公的，婆說婆的，兩個都講，卻沒有人在聽，那種場面非常好笑。

聊天這件事情，應該是非常優雅、非常高貴的一種享受。不管戀愛、親子、夫妻，或是跟小朋友、長輩、父母，都會需要用到聊天的能力。如果沒有這種能力，身邊所有的親朋好友都會很難受。無法享受聊天，生活品質就會下降。

我常在辦婚禮，常會看到爆衝的那種親友出現。本來場面一切都很好，突然來了一個大姐夫或三舅，溫馨的場面就會失衡；因為他一進來就「╳╳╳，○○○！」，他有他幽默的方式，他有他自己喜歡講的東西，但他會侵犯所有人的空間。他一進來，整個場面氣氛就變的很詭異，因為他堅持要用自己的方式溝通，而且讓人很不舒服。

這種事常常會碰到。每一次的婚禮、每一次的家族聚會、每一次的同學會、每一次公司的同事聚餐，那個人一來，你就知道情況不妙。雖然不至於翻桌，但你就知道差不多又要被侵犯了，就像土匪來襲，村莊被搞得烏煙瘴氣，每個團體都會遇到類似的情形。

像遇到這種狀況，你不能不理他。你必須很勇敢地切入，然後告訴他說：「**STOP**！」你要告訴他：「不是不讓你講，但現在不適合讓你這樣講，你要很克制。」

你的態度應該要像是警衛，給在場所有人保留一個舒適的空間，這是一種責任。如果真的有什麼事情，你可以出面制衡。

如果場子本來就吵吵鬧鬧，譬如過年喜慶、大年初一他來拜年，也沒什麼大不了，本來家族聚會就算他一份，你就跟他吵吵鬧鬧、哈啦哈啦，可是你也不能忘記其他人繼續在講的事情。

你可以說：「好，等一下！二姐夫剛剛在講，二姐夫來，請你把剛剛的話講完。大姐夫也等一下，他現在正在講這個，他講完之後再換你講。」

一定要有一個人像裁判一樣，要來進行控場的動作。

真的會講話的人，一定要能夠控場。那個控場能力不管是多人聊天或是兩人聊天，都是非常重要的能力。一般人就是一直等、一直等，就不好意思打斷他，這樣就會永無止境地拖，一直浪費大家的時間。

有一天，我們在開會的時候也有提到，你發現有人講的東西沒人要聽，講的東西沒人有興趣，也不是大家想聽的。當這種情形發生的時候，就要有人出來控場，你就讓他不要繼續講了，或引導他講別的話題，或者是換人講，不然就是讓他趕快講完。

有些人講話常常被打斷，因為他連續講話的能力就像飛彈發射的力道不夠，速度不夠快；那團體中有一個人速度快的就會失衡，就會出問題，就會有人比較不愉快。

這種情況當然是沒辦法避免，因為人的能力本來就不一樣。但是在必要的時候，譬如說去提親，場面一定要爸爸出面講話，那爸爸講話速度很慢，你就要有本事壓住場子，然後請他把真正的話講出來，這就是很大的藝術，不得了的功力。

有一天在某場婚宴上，我跟新人的爸爸說謝謝，跟他說他很愛自己的兒子，請爸爸講幾句話。那真的要輪他講，眼淚就飆出來了，爸爸太高興了，當場在主桌上就哭了起來。那我就趕快跟兒子說：「新郎，你看，爸爸這麼愛你，趕快講幾句話！」兒子就講了心裡的幾句話，爸爸聽了簡直像是河堤崩潰，滿感人的。

如果你不會控場，就會失去這種精彩的鏡頭，那就不藝術了。

身為生活藝術家，就是在任何一個時間、任何一個角度、任何分秒必爭的場合，讓所有的美呈現出來。為什麼這是一個生活藝術家必備的技能？如果你拿捏不到切入點，在一剎那間沒辦法把照片拍下來，你的創作水準就會差一點，甚至差太多，或根本就只能拿零分。

講話也是一樣，你看到對方剛剛有想要哭的感覺，你偏偏講了一句不該講的話，沒讓他哭出來，那就不夠藝術。也有人本來是絕對哭不出來的，但你給他一句講到心坎裡的話，他就哭出來了；這就是生活藝術家的一種功力。

你時時刻刻都是生活中的導演，時時刻刻都在創造，有源源不斷的創意冒出來。在聊天、談判或是開會的時候，你都一直在創造這些美麗、真情以及感人的畫面，引導出原本發揮不出來的能量。

那種藝術，本身就是一種熟練度，它有一種美感。就像一個石頭，怎麼去雕、琢、磨、敲，怎樣把它弄成很漂亮，有很多的想法，很多的技巧。但是在設計那個石頭之前，你可能要看著石頭想了十年才開始雕，不過人生卻是時時刻刻都是即興的，那是另外一種能力。就像你一看到爸爸快流眼淚了，那句話要讓他講出來，就會讓他感到滿足。

有些時候和人聊天，會面臨很多的情緒問題。他也會哭，也會突然很開心，然後他會聊到一個連他自己都不知道的境界，那個讓他發現柳暗花明又一村的體悟，就是藝術的境界，這就是生活中的美。而偉大的攝影師就是能夠捕捉到這一刻，這就是感動！

當一個生活藝術家，並不只是你的生活很多變或多采多姿，這樣還不夠。藝術的境界是你除了一定要美之外，任何事情都要經過精心設計的巧思，還要有非常偉大的熟練度，才可以「噹」地一聲就搖身一變，好像變魔術這樣。如果你講話夠水準，敏銳度夠高，很能夠察言觀色，光是聊天就可以不斷變出這些東西。

這就是精采，就是好玩，就是有趣，就是美。

品味的生活，就看誰來創造。

一心二十七用

# 之二 控場

# Control the Situation

在說話的藝術中，尤其是一群人在講話，「控場」是一項非常重要的能力。由於我常常當媒婆幫人作媒，在婚宴時，坐在主桌的時候是一件非常有趣的事，要研究兩方家長以及他們請來的長輩——不是阿公就是舅舅，都是他們家比較有聲望的人，年紀多少都會比較大一些，甚至是一些有身份地位的「特殊」朋友與達官貴人。

我這個媒婆跟別人不一樣，我不是只有坐在那邊穿著大紅禮服，其實我是一個證婚人，也是婚禮主辦人的角色，除了必須掌控主桌的氣氛之外，還要管理整個會場的大小事；這種時候的聊天就很藝術。

因為我必須要講一些話題，是所有的人都能接受的。可是主桌上面的人，大部份我都不認識，幾乎都是當場介紹才認識的。因為我跟他們雙方家族沒有什麼關係，我最多就是認識新郎、新娘和雙方父母。那麼其他來的什麼阿公或阿舅的長輩，通通都沒有見過。

那麼，怎麼去跟這些長輩講話？就非常的有趣啦。

我的方式，就是怎麼幫助這些賓客聊天，進而控制這個主桌的氣氛。因為一定要掌握好發球權，才會有辦法掌控這個局勢。

通常我會講的第一件事情，就是恭喜雙方家長、恭喜新人、好日子、結親家、關於我這個媒婆如何當證婚人，如何幫新人作媒等等。我會把這些過程簡單說明，介紹雙方人馬，打打圓場，因為在場的新郎、新娘通常都不太會說話，然後邀請大家一起敬新郎新娘，跟主桌的人講一些好話，再祝新人永浴愛河、百年好合之類的。

這有一個作用，就是我先發球了，先講話。這很重要。

第二個，就是要讓大家有個共識，為什麼我們坐在這兒。大家是為了這個婚禮而來，那就給他們一個提示：這是婚禮，是喜事，我們所有的人要快樂，我們有一個共同目標；所有講出來的話，都要圍繞在這些主題上。

我在做控場的動作，除了控制氣氛之外，還要控制讓所有來賓都快樂，要講「對」的話。我們要注意有誰要發飆了，有誰要來鬧酒，有誰要來罵人，有誰要來講一些難聽的話。

像有的家長會說：「女兒養這麼大，我們是用幾千萬養大她的！」，有人就會講這種話，或是說：「我們有送一棟房子給你」，「妳嫁進來，也是要幫忙做家裏的事……」之類的。那些話裏面，除了暗藏很多玄機之外，它是有帶「子彈」的。我們要很注意聽，誰要發火、誰要開槍，都要小心這個東西。

有些人話中有話，大家就會拿話射來射去，有人高興，有人不高興，這個時候就是要看控場的藝術。有人被話激怒了，對那些不高興的人怎麼處理？那比較高興的，又要怎麼樣去處理？

有一個簡單的方法——就是儘量跟高興的人講話，不要跟不高興的人講話。

但是，一般人都做錯了，一般人都會儘量跟不高興的人講話，因為想要去安撫，想要讓他開心，想要扭轉乾坤——這個動機是非常偉大，但方法是絕對錯誤的！

理由很簡單。你愈去看大便，大便就愈醜；你愈去看花呢，花就是愈香愈美麗。這就是要跟比較開心的人去講話，才會帶動氣氛。

若是有一場婚禮，女方爸爸或媽媽不講話，你就只能不要理他，當做沒有看到一樣，會比較平靜。如果你一直去說：「媽媽好像不高興，怎麼了嗎？」，這就很低級，藝術水準就扣分，馬上降到60分以下。

那如果你說：「爸爸好像不高興喔，其實又何必這樣？女兒嫁人是好事嘛……」，硬要把它拗回來——那更慘，一般人常常會犯這樣的錯誤，息事寧人。「沒關係，沒關係！」或者說：「結婚是好事，就少講兩句嘛！」，壓抑的行為就出來了，手段非常不高明。

控場的人以為這種「好話」是很好的動機，所以為什麼婚禮常會見到親友打架、互罵或不高興的？就是因為控場的人不知道訣竅。

這就像在藝術裏面，本來要畫上白光、要highlight的時候，他畫的卻是一個紫紅的、灰的，更慘的甚至是黑的，哎呀！完全表錯情，焦點完全搞錯了。highlight應該是要最亮的，要突出，要加強。可是他放的是黑的，那本來要突出的地方跟不突出的地方，看起來就沒什麼差別了，反而弄巧成拙。

這就是在各種場合裏面，應該對誰講話、講什麼話的藝術。

至於那些都不講話的人，最安全的方法，就是跟他講一些讓他不能表態的話。譬如問說：「今天賓客一共來了多少桌？」或是講一些好消息，像是誰送了花之類的，給一些資料，就像「報告新聞」一樣。

對這種人講話的時候，你講話的目地是要做給在場的其他人看，要讓整個氣氛的感覺更融洽，讓場子有在動，有在溝通，而且是善意的。你要講話，可是你必須知道你講話的目的，不是要去處理對方不好的情緒。

「報告新聞」是很好用的一招，就告訴對方今天有什麼菜，那道菜怎麼準備的，然後誰很高興、新娘怎樣漂亮、新郎多麼人品端正等等——就講一些廢話。老實講，那些是廢話。可是，那些廢話有作用，可以填塞一些的空間，而且效果很不錯。

在演電影也是這樣，在情緒很高昂或很低落的時候，像是兩軍對陣，廝殺得血流成河，你會看到鏡頭會突然變成 slow motion，然後會慢慢靜下來，變成一張畫或一張圖，或是拍到廢棄的戰車，突然作戰的號角響起來，讓人情緒緊繃；有時則是慢慢地放出一首歌曲，鏡頭轉成小橋流水的畫面……那是一種昇華的味道，就是一種藝術上的表現。

當我們在跟這樣子的人講話，我們就用不同的方式去表現。你說沒在溝通嗎？有，有在溝通，但我們不必安慰他，也不必去強調他的不高興、吵架、衝突，不必尷尬地不理他。我們還是跟他講話，除了壓住他不愉快的情緒之外，仍然繼續進行著美麗人生。

那也是另外一種功力，考驗著自己處理的手法及鎮定的情緒。

以照相來說，如果你發現底片規格不對，但你身上就只有這些底片，你要怎麼用有問題的底片把畫面呈現出來？

作者交給編輯的文章狗屁不通，你要怎麼把它修到行雲流水？

你去裱一張畫，那張畫已經很破舊了，有二十年的歷史了，怎麼把它裱出來，讓它看起來是好的？那是裱框的人的功夫，不是那張畫本身多好。

所以，不管你去裱畫、修照片、修文章，這都是非常有藝術價值的事情。

人生的藝術就像裱畫。你看到對方那張很臭的臉，就像你該怎麼把這張畫裱出來。裱這張畫的時候，你要修，怎麼讓那張很難看的臉變好看？

你看人家出殯的遺容，禮儀師怎樣去修，怎樣替往生者化粧？這是一種藝術。這個人已經死了，死相實在有夠難看，你怎樣把他的嘴巴、眼睛化妝成看起來是可以接受的？既然死人的臉都可以修，活人的臉會不能修嗎？這就是藝術的功力。

那麼，跟一個臭臉的人講話，要怎麼修呢？

第一個，你要先把他看成不是臭臉，你要先超越那種不愉快的情緒。就像你在幫死人化妝的時候，你一直擔心他死了，你一直覺得這件事有夠噁心，那當然就畫不下去了。但是以一個藝術家的眼光，他根本不會去想著這個死人多醜、多難看，他不會想這些。

他在想的應該是：要表現出紅潤的氣色，要用哪種的東西塗上去才好看？眉毛要怎樣貼？嘴巴該怎樣拉？——那種感覺，已經超越生死，也超越了喜怒哀樂。最主要就是，當對方出現負面的情緒，你不要去看它，你的情緒必須要凌駕在它之上。

以藝術的眼光來說，你怎樣表現會最真、最好、最美？看到擺臭臉的人的時候，你不要怕，你心裡要想著藝術上怎樣表現，讓他的生氣、臭臉，變成藝術的一部分，把它融合起來而且不突兀，還頗有趣的。

譬如我們在看芭蕾舞蹈，裏面的黑天鵝是壞的角色，但仍然還是可以表演得很美；巫婆的形象是很醜的，可是在藝術眼光裏面，還是可以去塑造一種晶瑩剔透、有別於傳統的角色。在電影裡魔鬼出現了，或是壞人生氣的時候，拍出來的是一種震撼的感覺，還是很美。

你該怎麼樣讓人知道隱藏在後面的事情？爸爸本來不是這樣難相處的，但他就是女兒要出嫁了，心裡很捨不得，所以臉色很難看。你不要去亂攪和，變成好像預設這個人就是不能很優雅；你要想的是，該如何把他的心情用另外一種手法引導出來？到最後，他就會好起來，他還是會很和善地跟親家敬一杯，化干戈為玉帛，把場子弄得很漂亮，這就是藝術家的一種功力。

如果他很生氣，他也表態了，那就讓他講！讓他講到高興，然後幫他講，這樣子才會美！藝術就是要噴出來，就讓他噴個夠，不要像這樣子壓一半，然後噴一半，這樣沒什麼美感。他想罵就讓他罵出來，讓他講，不要一直去壓抑他，因為你愈想壓，他愈會爆炸，乾脆就讓他爆出來，一氣呵成，衝上去再收場，甚至幫他配樂，讓場面驚心動魄。

在適當的時候，儘快用一句極為精準的話回應，讓他可以止息，要抓那個時間點。這就是要練的地方，就像砍樹這樣，時間跟力道都要準確，也有點像劊子手砍頭，你要一刀下去，「喀嚓！」砍下去的位置要剛剛好，那個人也不痛不癢，乾淨利落。

你千萬不要割啊、扯啊，像在鋸木頭一樣；頭還沒斷，然後場面愈來愈可怕，那個人愈來愈瘋狂，像火山一樣爆發起來。你就是等，手法要很俐落，但是你不要怕他會爆炸，就讓他發生，要勇敢面對，練到「泰山崩於前而色不改」。

我很講求這些功力，就是那種素養。當然，創造、美感、靈感、訓練本身也是一種學習。所謂藝術就是不斷地練習，你要一直有純熟的手法，功力要很夠，所以生活中要不斷地練。

能做到收發自如、隨心所欲，或能配合承先啓後，跟著乘風破浪，是控制場面中不能不會的能力，這也才會有藝術的美感及震撼。

一心二十七用

# 之三 講電話

# Make a Phone Call

老實說，如果能夠面對面溝通的話，我個人不太鼓勵講電話。我覺得，講電話是一種替代的功能，是不得已的情況才講電話，譬如說越洋溝通，或沒時間、來不及，非得這樣給予訊息不可，那就只好硬著頭皮打囉！

平常我不是很喜歡拿電話聊天，我把電話用在約時間、臨時的重要事情，或是很久沒有講到話，比如夫妻或父母，就偶爾講一下、聽聽聲音，比較像是這個狀況。至於平常聊天，我不喜歡抓著電話筒跟人哈啦，一次講一、二個小時，講到耳朵都痛了。有些人沉溺在戀愛的瘋狂中，甚至躲在棉被裏一直講電話，簡直是瘋了。

以我的了解，電話講很久的，大部分都是講過多的廢話，沒什麼特別的必要性，只是為了要膩在一起、不想分開的感覺。如果是商業，譬如在電話中訪談，或是公事上面必須要匯報，或是重要訊息的傳達，就有必要。但即便如此，電話的通聯方式應該是簡潔有力的。

電話要溝通比較困難，因為很多時候電話訊息會不清楚。有時你講，他聽不見；他講，你聽不見；同時講，兩方都聽不見。有些電話會這樣，尤其手機會更明顯。電話也有延遲、迴音或斷訊的現象，講話溝通的順暢性並不是很好。

跟電話相比之下，我比較主張用寫的，至少一路順到底，而且有白紙黑字作證。可是，如果非得要講電話不可的話，技巧就很重要。

一般講電話就是達到目地就好，簡短、扼要，通知一下、連絡一下，讓事情更順利，這是電話的主要目的。

講電話有一個很重要的控制，像講對講機一樣，你一定要這邊講完換那邊，那邊講完然後再換這邊。有的人不太會這樣，就變成嘰喳嘰喳，兩人都在講，同一句話重複又重複，實在是勞民傷財啊。

不會這樣的人，實在不太適合講電話。因為他同一句話會講三次，每一次都重講，「喂，你剛講什麼？再講一次！」很多時候是這種情況，很浪費時間。然後每次都問對方剛剛說什麼，或是要他再講一次，熱情跟趣味都會降低很多。溝通的時候很挫折，又常常聽不見，有時候還要重打，有很多這方面的消耗，真是毫無藝術可言。

另外一個，就是很多人在打電話的時候哭，這非常地麻煩。打電話的時候哭，常常會聽不到或看不到對方的表情，那就會誤判或是錯過很多細節，而且還會增加緊張的程度；既要花時間等對方哭完，也不知道現在到底怎麼了，講話斷斷斷續續的；這真的不是個好的溝通方式。

譬如說，求婚這種事在電話上講，對方感動到哭了，一句話都說不出來，你根本不知道她在想什麼，不是很糟糕嗎？或是有時候你要去安慰一個人，在電話裡講也不合適；要是突然間她生氣了，大罵起來，或突然掛電話，你根本沒辦法處理。

真正重要的事情，像商業的會談，用電話講其實也不好，因為聽錯的機率太高了。如果要簽約，用電話怎麼簽？如果是談感情勉強可以，戀愛的時候用電話講一講，但是真正的重要情況下，講電話並不是一種很好的溝通方式。

電話最好的使用方式，就是用來確定約會的時間跟地點；如果你有時間講電話講個兩、三小時，乾脆見面還比較快。

以溝通方面來說，講電話的品質是不好的。講話品質要好，就像HD高畫質的藍光電影，對觀賞的人傳達最佳的效果。

所有的藝術，都一定要在質感上要求，好比高檔的衣服，用料一定要好；花會貴，就是整朵要漂亮，少一個花瓣、折到了就不完美啦。如果插花用的都是殘枝敗柳，插起來沒辦法好看，就算有再好的技巧、功力都沒用——因為質就不對。

所以，我們聽音樂，耳機不對、喇叭不好，聽不出品質。好的音響之所以貴，不是說它貴不貴，而是要達到真正藝術的水準，它就一定要有這樣的品質。

電話有它的功能跟必要性，是現代生活不可或缺的工具。但是，若你想要達到聊天很爽，彼此間真情交流，像是求婚或告白之類的——如果你要用電話，最好考慮一下。尤其是不得意、心情不好的時候，要特別小心講電話出差錯，要打重要電話之前最好先約時間，再打過去才會比較保險。

講電話要快、要明確、要簡單、扼要，把事情很快全部解決。要表達感情，你可以電話打過去馬上先講：「我很想你，我非常想跟你說話，最近好不好？」先表達你的來意，電話裡你可以告訴對方十分鐘之內會到，或是今天我會遲到兩小時之類的。但是關於真正要表達的細節，最好還是當面聊。

一心二十七用

# 之四 談判

# Negotiation

談判的技巧，跟一般講話、溝通又是另一種模式。談判比較像是要開始打打殺殺的感覺。

講到談判，我個人非常喜歡這件事。我覺得在人生的遊戲裏面，談判是一種非常有趣、願賭服輸的偉大場面。談判很像高手對陣，像打一場仗、比擂台那種感覺。談判大部分是用在政治、商業，或是離婚、家族分財產的那種場合。

談判有幾個重點：不可以有負面的情緒。情緒是一種手段，可以穿插著用，但不能通通都用負面的情緒。而且，你自己不能身陷負面情緒之中而無法自拔。

有一種人，你對付他的方式就是直接罵他，掀桌、翻椅，就像土匪燒殺擄掠，把村莊洗劫過就算搶贏了。在談判場合裏，喜歡用暴怒、兇巴巴的方式講話的人，有點像是土匪的那種感覺，這比較像發生車禍下車吵架的架勢。

這是一招。沒錯，赤壁之戰也是用燒的，不過那就只是一招。你常常用這招，非常野蠻，既不文明也不高雅，也不見得每次都會贏。每次和你談判，你都在吵架，那到底你是來談判的，還是來吵架的？

如果你每次去房仲業買房子都使用這招，而且每次都吵得贏，拿的回扣比較好或價錢比較低，我是沒有意見的。因為我認為，如果你只是要達到那個目的，這招的確挺管用，那你就用吧；但這已經不算是藝術的範圍了，哈！

以一個生活藝術家來看，我覺得那樣就不夠品味、不夠優雅、不夠美感、不算是生活上的樂趣。我們要的是一種純粹藝術，不管每個角落、每個東西，我都是用藝術的角度在看，所以在談判的時候，我也是希望它很藝術。

在談判裏面，老是用吵的、用哭的、用鬧的、動不動就要上吊，我覺得這不算藝術，是耍賴，是能力不夠，黔驢技窮。譬如說談分財產，你看著那個沒分到家產的女兒就一直哭，然後到處跟人說：「我爸爸死前有交待！」，這就是一齣爛戲。

當然，爛戲也是一種戲。哭調仔、從頭哭到尾的，你看起來不太會感動。好比看恐怖片，就是胡亂嚇人，可是到底要幹嘛？這有點像只是為了玩弄而玩弄，沒有一個真正的驚險或高潮，沒有故事應該有的曲折，也沒什麼特別的意義，就只是故弄玄虛而已。

所以，在談判的時候一直哭，或是一直交待類似我爸爸說什麼，或是一直在那邊抱怨對方、說你們欺負我們、你們就是要贏、你們勢力較大之類的那些東西，就是所謂的負面情緒。

在談判裏，這招可能會博取一些同情，對方可能多給你個十萬、多給你一些讓步，可是，那對談判本身的藝術來說，沒有什麼貢獻價值。

談判到底要幹嘛呢？談判是一個很有趣的遊戲，你要想盡辦法去發現對方的底限，然後很巧妙地創造出另一個底限，在這兩個底限之中交戰，在心理上、智慧上，去爭取對方的讓步，然後去找一些有利的理由和條件來說服對方，讓他必須讓步，或是讓他能接受你開出來的條件，讓他甘心、讓他願意、覺得合理，甚至感動、拍案叫絕。

這是一個你可以據理力爭、得理不饒人的智慧遊戲。而且，你還可以巧妙地運用各種方式讓彼此都開心，談完之後雙方都感到滿意，甚至還可以吃個飯，握手言歡。

談判的時候，並不是很野蠻地說：「你就欠我的嘛！」、「啊不然你是要怎樣？」，或是：「我們公司就這樣，就是要吃你，怎樣？」如果你表現出來的態度是這樣，講白一點，這就沒什麼好談的，抄傢伙打架比較快。

談判最後的結果是，你要讓對方很服氣。就像下棋，你下的每一步都很漂亮，要讓人家輸得心服口服。談判應該講道理，然後有情，有理，有法，有智慧又有格調。

你要有一個底限，在底限裏該怎樣說服對方，降低他的底限？或是怎麼讓他接受你的條件，在接受條件的時候，又再交換條件？對方的目的也是一樣，將心比心，他也是要你降低你的底限，也是要你接受他的條件；這當中就有很多的技巧。如何以退為進、以攻為守？如何降低自己的底限讓對方開心，又再交換條件贏得對方的服氣？

這很像下象棋，我怎麼拿一隻馬換你的一隻車，或怎樣犧牲所有的車馬砲，幹掉你的將軍。談判的結果當然就是要贏，但為什麼能廝殺的很痛快？因為就是你輸我贏、我輸你贏、你死我活這樣。

然而，最好的談判，以藝術上的平衡來說，應該是做到「雙贏」。但是，這是一種氣量的問題。

有的人就是抱著那種「我非得把你宰到精光」、「我就是要把你吃得死死的」，或是「我要把你吞到連骨頭都不剩」，有些人就是可以做到心狠手辣。你說你要講藝術，談判的時候誰跟你講藝術？不是每個人都要藝術的。

談判的最高境界是雙贏——我很滿意，你也很滿意，我個人比較傾向於這樣子的態度。要達到這樣的境界，兩邊的水準都要很高。如果是我，我會儘量讓你不要殺我，但我也不會把你吃到連骨頭都不剩，因為我有這樣子的水準，不會一直坑殺你。

但是，要達到雙贏要有一個藝術——你心裡要很清楚那把尺。讓歸讓，又不能讓對手把自己吞到精光，就看你拿捏得多精準。我會做到讓你覺得很滿意的情況下，我也可以很滿意，這樣對彼此來說，就達到雙贏。

如果雙方的水準都很好，大家會比較客氣，可以很直接，但不需要刀光劍影。

「好，那你覺得該怎麼做呢？」

「我覺得，那部份還是要給我賺，不然你會虧多少？」

「我的底限是這般這般。當你做到這樣，我就可以給到這樣，如何？」

那個人要怎樣攻，你要怎樣守，彼此之間水準都差不多，就可以達到雙贏。

當我在做生意或跟人談事情，其實很簡單，因為只要知道對方要什麼，我知道我要什麼，然後自己修一修、調一調，就OK了，不需要花太大的力氣廝殺，談起來輕鬆愉快。

譬如說，提親就是一種談判。大聘多少？小聘多少？東西好不好？那我們付什麼？你們付什麼……，這些都是一種談判；你幫人做裝潢也是一種談判，要看對方願意出多少預算，才能決定做怎樣的設計；那你畫幾張圖給我選，我要出多少價錢，也是一種談判。

至於談很久的人呢，為什麼他會談很久？

除了談判的功力不夠好之外，其實，這些談判會談很久的人，他的境界也不太高，所以就得花更多的時間跟體力，賺到的錢還不夠補虧光的力氣。

當然，也有很難談的那種人。有的是消費者很難談，有的是業者很難講話，那就一直談不成；談判沒有辦法成功的原因在哪裏？在於彼此之間沒有辦法理解對方的需求，或是獅子大開口，讓人感覺欺人太甚——條件太苛求、要求過於細節、雙方的認知差距太遠；否則，怎麼會那麼困難？

其中，一定有一方一直想要贏，一開口就要賺那麼多，擺明要吃你。當然，就是有人願意一直談，他覺得一定有空間，所以見面三次還在談；一方覺得「我可以殺，可以殺！」，另外一方覺得「再吃他一些，再吃一些！」。

很多人在裝潢的時候有被騙的感覺，就是被給予過多不需要的東西。

業者會告訴你說多兩個櫃子功能性比較好，然後就可以多賺一點錢，消費者認為不需要，或想要便宜一點，但業者就會說：「這樣比較方便，我幫你做這個、做那個，你可以有這個功能、那個功能，這樣才划算，實惠又大方，你知道嗎？」

他說服了消費者，贏的是什麼？給了對方多一點東西，原本不是消費者需要的，對業者來說就是賺到了。

消費者常常被騙，因為沒經驗。一般的業者談判技巧會比較好，是因為消費者買這個東西的經驗就只有一次，業者卻買賣過一百次以上，他們的經驗就等於是1比100的差別。

消費者常被多給不需要的東西，就等於談判失敗，也就等於是業主贏了這場談判，是因為他比較知道要怎麼講，讓消費者認為說，「嗯，有這功能不錯嘛！既然要做，沒差那幾萬塊啦！一百萬都花了，哪差那三萬？」，他的這種心理，讓業主一次又一次得寸進尺。有些誇張的甚至等到做好之後，才發現超出遠本預算將近三分之一的價錢。

這種現象為什麼會發生？就是在談判時，有一方不知道自己的底限，兩方談判的功力不一樣的時候，就會發生這樣的情況。一邊很厲害，一邊很笨，笨的人被吞到骨頭都不剩了，吃到完。

有一種人，光裝潢地板就花了二千萬。一般人聽到了，都會說：「頭殼壞了嗎？二千萬！我可以買一幢別墅！」但他就可以這樣，因為他有錢，他可以做到這樣子。在現實生活中，有很多東西是喊價的，價格非常極端，像金字塔的兩端，要買賣這種東西，就是要靠談判的能力。

在談判裏面，另外一個技巧是利用對方的弱點，做為談判的主攻。

譬如說，你知道對方是個好面子的人，談判的時候就要滿足對方的虛榮心；你知道對方有把柄，那就要把這個把柄留著，當作為最後的王牌。

這就好像打架，你左臂受傷，那我就專攻你左臂，講起來真的很殘忍，但不管是談判、打球、戰爭都是一樣。

還有一種更高的意境——就是在談判的過程當中，改變對方的思想、改變他的目標、改變他的理想。

這不是只靠三寸不爛之舌，而是你洞悉對方想法的功力，因為當你可以看出這個人原來訂的目標並不是他要的，那你就可以翻盤，談判時你就可以改變目標、改變方向、決策、手法跟規則。

要做到這樣，非常不簡單，這是另外一種功力。一般人都認為，這幾乎是不可能發生的，除非是奇蹟出現。其實，以我們當顧問所見過的例子來說，只要你夠厲害，還是常常可以發生的，所有人都以為沒機會翻案的事情，應該是談不攏了，已經談到山窮水盡了——可不可以翻案？可以。

我對幫助人家談判非常有興趣。我喜歡玩的遊戲都是跟生活息息相關的。你叫我去下棋，我沒什麼特別興趣，因為下棋不管贏或輸都只是在棋盤上，是假的。像下棋、電動這種都在玩假的，既然要玩，我只喜歡玩真的。

什麼才是玩真的？

我很喜歡幫人家作媒的理由，從另一角度來說，就是玩真的。既然你喜歡她，你就要娶人家，這就是玩真的。

哇～賭很大吧！把命都賭下去，真的是玩大了。

我每天所做的事都玩很大，因為今天做的任何一件事，都會影響五年、十年、二十年以後的結果，那就是玩真的啊。

人生所有的局勢，都因為你在這一刻的決定，而讓結果變得不一樣。你要用什麼樣的格局去看待自己的人生？你要勇敢去玩，人生才會有趣。人類發明各式各樣的東西來玩，所有的遊戲都是為了好玩，那玩什麼最好玩？玩真的，最好玩。

既然要聊天就認真的來聊，我一定會跟你講真話，不會跟你亂哈拉，比起兩個人下一整天的棋卻沒什麼進展，我覺得聊天還好玩一點。

你說你們兩個很相愛，有多愛？既然很愛，那就嫁給他啊！怎麼不嫁？

「妳不是說妳很愛他嗎？怎麼不嫁？」

「唉，我覺得不必嘛！在一起就好。」

「啥？在一起就好？那妳若真的愛，在一起跟結婚有差嗎？怎麼不嫁？玩真的吧！」

她說：「不要啦！唉～結婚很麻煩，我們就各住各的，約會就好。」

咦？怎麼會這樣？人生有很多事情，就是要「玩真的」才會知道事實。

「玩真的」本身的刺激，也是婚姻一個非常有趣的地方。因為讓他知道要玩真的，也就是說，要不要決定入場比賽？決定了，你就下場，開始正式開打；或者是說，跳不跳？決定要跳，就站到舞池上去，感覺不一樣。

有人會說：「免啦免啦，我們就在這裏跳一跳就好。」他寧願在走廊上跳，跟他說要跳就到舞池裡跳，他就說不必啦，我們在這裏跳就可以，反正這裏也有音樂。

我覺得，決定結婚跟不結婚的差別就在這裏——你要不要玩真的？

所有的東西，都是為了玩真的，才會有意思。談判就是很真，因為談完之後，後面的結局都不一樣。你如果有本事去翻盤、去改變對方的思想，那個人也必須真的有所改變，他真的決定要改變，那你就說：「好，既然你同意了，可以在這裡簽名。」既然決定了，就必須為他自己的承諾發誓，履行約定！

結婚，也是這樣的道理。

「正式宣佈你們結為夫妻，大家蓋章！」——其實這些都是遊戲，但就是因為玩真的，這輩子要一起走到完，你有沒有這個勇氣？

我覺得這種遊戲很好玩，不管是夫妻、老闆員工要不要決定在一起？在一起怎麼做？通通都是一種談判。

談判為什麼那麼有趣？因為真的太刺激了。你看男孩子在追女孩子的時候，選哪一個？誰搶誰？都是一種談判，嫁給A君跟嫁給B君結果差很多，談判之後，好！決定選擇A君，這是一種談判。會談判的一定贏，不會談的一定輸。

如果是那種很被動的情況，像三個男生都在追同一個女生，卻都沒在談判，那就不一樣，因為最後女孩子還是會遇到選擇的問題。如果懂得談判，勝算就非常高。

所以，為什麼我喜歡幫人家談婚事？就是這個道理。因為當事人不會談，他就沒有交易成功的機會，所以派我去談，派我出馬幾乎都可以成功。要是叫他自己去講，什麼都講不出來，弱點一大堆，還沒開口就先被對方射殺，人家就說：「免談！」，就沒有機會了，連出現在現場都不可能，毫無機會。

所以，談判要派代表的理由就是如此。如果真的會談，就能談成功，成功就有戲可以繼續演，讓事情扭轉、創造機會，讓命運永遠在絕處逢生，柳暗花明又一村。

這是個學問，是個精采萬分的藝術，非常有趣。

一心二十七用

# 之五 協調

# Coordination

協調有一點像和事佬，把搞僵的氣氛化解成一個漂亮的收尾、結局，達到雙方、三方甚至多方的和諧。

至於什麼時候會需要協調？

譬如鄰居吵架，或是社團不合，政治、生意上的糾紛。像春秋戰國時代的縱橫家，去各國講合縱、連橫的這些，或是像諸葛亮去吳國請他們幫忙、去遊說；協調就有這種味道，請人家加入，或平息紛爭等等，都算。

「協調」和「談判」都要靠講話，有一點類似的味道。但是，這兩者之間的差別，在於「談判」有一個輸贏，有一定的目標，而且談判本身，你自己是一個主角，在談判的時候，有我方、敵方的這種分界。

至於「協調」的角色是中間人，他的意見是中立的，協調的人只希望大家快樂就好。所以協調的人在說話的時候，他沒有自己的意見。

唯一能夠和談判區分的，是他的「角色」問題，這個角色背負著不一樣的責任與目標，但是，「協調」和「談判」所用的技巧全部一樣。

協調的人是自己不算在內，然後去幫某一方去找另一方談事情，他會告訴你甲方希望怎樣，乙方希望怎樣，然後去想辦法把它整合起來。

其實，協調者是幫別人去談判的，但是他自己是不需要贏的。對他來說，怎麼樣叫贏？就是各方都協調成功了，大家達成了共識，或有了一個協議或決議，這時候協調人就達到目的，他就算贏了。

協調的談法也是一樣。你要什麼？他要什麼？如果有人不接受的時候，他就是用談判的態度去告訴他：「好，那你可以接受的程度跟範圍是什麼？」，因為這個不願意接受的人，覺得自己最衰，所以需要去詢問其他各方是否願意給一些彌補。

譬如四個人在打麻將，有一個人不高興，那協調者便會問其他三個人願不願意補他一些東西？或是一群人要合租公寓，協調每一個人願意出多少，當有一個人不願意出一樣多的時候，大家怎麼樣去補？那就是協調。

協調的最高境界也是跟談判一樣，可以改變對方的決定。像公寓修理東西，各戶應該要分攤，假設有一戶本來是持反對意見的，協調者講到最後，這戶反而比其他戶人家還願意支持，甚至多出一些錢也無所謂，這就表示協調者的手腕非常高明。

幫別人協調的人，有時候是有特定的目的，例如為了賺錢，或是愛情、友情等等因素，但也有時候是沒有任何目的，純粹就是幫人做事，服務大家而已。

以我的情形來說，我很會幫人家協調，卻很難純粹把這件事生意化；畢竟我是個藝術家，所以不能生意化。意思就是說，我不可能因為拿了你的錢，就抱著「受人之託，忠人之事」的態度，我這個人沒辦法這樣。

因為拿了錢幫你辦事，辦完就結束了，這是一種純粹的交易行為；然而我做不到這樣，我沒辦法純粹為別人遊說，而沒有自己的意見，也不可能做完了就拍拍屁股走人，之後發生的一切都不再干我的事。

這是什麼意思呢？就是說，如果我要幫你，我會收你的錢。可是你要做的事情，我必須覺得這是品格上我可以接受的，否則我是沒辦法幫你做的。

我必須有我的思想，可以接受我才會做；但是如果我覺得：「你幹嘛把他的骨頭都吞下去，置他於死地呢？」雖然我知道你會成功，我也知道我有能力去遊說，但是我就是不會做。

我不是一個生意人，所以我在答應別人做任何事之前，會以個人的能力和判斷，在品格上面，我會做一個權衡。

我不會這麼做——「好，聽你的，就去把他打死吧！」我不是用生意場上的眼光來看待這件事。

我覺得，這就是藝術家的一個矜持吧！不美，就沒得談囉！這就是藝術。

我很堅持什麼事情做出來都一定要美，一定要舒服；不管我做什麼，一定要符合藝術的標準。沒有藝術感的東西，沒意思，活著就像跟死人沒什麼兩樣，還不如當豬算了。所以做每件事情，都還是要符合藝術的水準。

人生若不美，就少了重心。你說是嗎？

一心二十七用

# 之六 罵人

## Scolding

我不贊成人家說，罵人就是很低級、很沒有水準、修養不好、很沒氣質之類的行為；相反的，我覺得它是一種人生必備的、可以練習跟非常重要的能力。說話的藝術中，不能缺少「罵人」這一塊。

罵人的藝術，就是看你的目標是什麼。最低級的罵人，就是純為貶低、發洩情緒、純為罵你而罵你，沒什麼目的。這種罵人，我認為是最粗劣的行為，不在我們討論範圍，因為不美，沒意義。

當然，你可以罵得很痛快，可是這種罵人純粹是為自己爽，純粹是為了發洩，若把它歸類成藝術，根本就只是「自我陶醉」，沒什麼共鳴可言！

另一種罵人，是一種表現情緒，不是為罵而罵，而是為了表現出「我在生氣」。不一定真的要生氣，這是一種手法，是一種藝術傳達的方式。

譬如說畫國畫，為了要讓筆觸感覺起來粗獷有力，你就必須特別用力；或是拍恐怖片，為了營造詭異的氣氛，就會有毛骨悚然的嘶吼。罵人也是為了達到某些目的——你要罵什麼？罵了以後又要幹嘛？你要先想清楚。這就是藝術中一定要有的手法、技巧，才能傳達你要表現的東西，以達到溝通的目的。

像有些時候，你要罵小孩的目的是什麼？罵到他會怕是一種，你讓他覺得害怕，他就不敢繼續做，這也是一種控制、控場的手法。但這樣子的方法不太有效也不太健康，因為平常人都是被罵了之後就呆掉了，根本記不起來你講什麼東西。

另外有一種罵是為了教，讓對方知道這件事情的嚴重性，或是你故意讓他知道：如果你這樣做的話，我的反應就是這麼暴烈！讓他可以了解到做這樣子的事，就會換來這樣被罵或如此令人生氣的結果。

有些時候，如果沒有那麼生氣，你沒有真的罵他，他每次表現出來的態度就是無所謂，一付屌兒啷噹的樣子。很多小孩子長大還是很不懂事，因為父母從來沒有罵過，他就不太知道這些事情有什麼重要性，或是當別人生氣的時候，他不曉得應該要怎樣去面對，更不明白「這有什麼好生氣的？」，因為他從沒有面對過、沒有學過，也沒有被教過；等到出了社會，突然有一天有人生氣了，他就會受不了，壓力太大、難受、過於自責或是得憂鬱症等等，因為他從來沒鍛練過。

罵人是非常重要的一個能力。我覺得，只要是人，就不能沒有罵人的能力，因為那樣會被別人吃得死死的。一般人都只會認為罵人不好，可是當你沒有罵人能力的時候，你的人生會更糟糕；因為人家會罵，你不會罵，就像別人有鐵錘，你沒有，要釘鐵釘的時候就完蛋了——難道你要用手去槌嗎？

罵人是必須要學的一招。為什麼要把罵人特別拿出來講？一般人會認為「罵人不好」，或是「罵人很可怕」，或是「有必要罵人嗎？」、「幹嘛要用罵的，有事不能好好講？」有很多各式各樣的辯解。但是，在藝術的角度裏面，各種情緒你要都有，你都要會，就是一招。

好比說你要化粧，打開箱子才發現眼影少一個顏色、少一種蜜粉、少一支刷子，就是不夠專業。我一定要有各式不同的粉餅，要有各式各樣的彩妝；你可以偏好紫色系跟紅色系，可是怎麼可以沒有綠色跟黃色呢？這是一件很奇怪的事情，這是哪一國的專業？

上戰場打仗，你不可以說有大砲、手槍、機關槍，夠了啦！帶刀幹嘛？這個就是一個盲點。一定要帶刀啊！怎麼可以沒有刀？刀帶著不一定要用，可是你要會用，而且你的刀一定要好，你根本不曉得什麼時候會用到刀。

在各種情緒裏面，你要愛、要悲、要高昂、要感動，但你也要有「生氣」這個情緒，一定要有「罵人」這把刷子。

我勸每一個人一定要練會罵人這個功夫。這我有開課，專教罵人！一定要學，不能不會！

罵人是一種工具，是一個能力，是一個方法。不會罵人的人，人生一定會缺一角，這個社會人吃人，一定會遇到那種就是佔你便宜的惡人。崇尚那種「不要罵人、不要吵架」的人，擺平不了很多各種生活的突發狀況，尤其是遇到不講理的或是不負責任的人，你必須會用這一招。

罵還有很多種其他功用，像是指責、改正、修理的意味。不一定要表現的很生氣才叫罵，他要修理你，他也可以很平靜地告訴你，你是錯的，這也是一種罵；但表情要對才專業，也才夠恰到好處。這就是藝術。

什麼時候需要用到生氣的情緒？當某個人情緒太低落的時候，或他的表現太令人不舒服、不愉快，老是卡在同一個圈子裡出不來，就必須用罵的方式把他罵醒。

有時候給一點震憾，或有些時候人很多，懶懶散散——罵，就會起作用。被罵的人，會把情緒壓縮然後提高，就像我們講的highlight，萬綠叢中一點紅；罵，就有畫龍點睛的作用。

另外就是，你可以用罵表現情緒，讓對方感受那種強烈性。

罵，有一點像音樂裏面的高音，或者是樂器裏面的大鼓或鈸，就好比在交響樂裏面忽然「鏘」一聲，偶爾要有那樣的表現。在食物裡面，罵的感覺比較像是辣椒，如果每一盤菜都用宮保來處理，當然吃死人，對吧？可是如果有牛肉，或是炒個羊肚、豬肝，放幾片辣椒下去，色香味都很好。

罵人就是這樣，不是喜好的問題，它是相對上比較刺激的東西。刺激的東西好不好？當然好啊！像食物裏面，蔥、薑、蒜、辣椒、米酒、醋，都有它們的效果及用處。

在中醫上的理論來說，是盡量不要吃刺激性太大的食物，但有些時候，那些刺激是有一定存在的功效跟價值。你跟我說麻婆豆腐、宮保雞丁沒放辣椒……怎麼可以沒放辣椒？你說酸辣湯沒放胡椒，那酸辣湯會變成什麼了？當然要放。但也沒必要每一餐都放辣椒啊！

所以，罵人是必要的技能。至於用在哪裏，用在什麼時候，就看你怎麼去巧妙的點綴囉！

在罵人裏面有一個非常重要的技巧，就是要會「收」，就像菜過度辛辣，一定會出問題。

一般來說，罵人絕對不能過久，要有一定的長度，罵到剛好就要停，停了以後，絕對不能被剛剛的情緒影響到下一件事。

這就像炒完一盤非常辛辣的菜之後，鍋子沒洗乾淨又去炒另外一道菜，下一道菜就會沾到辣味，就不專業，是吧。

在真正的藝術裏，你可以感覺是多麼地它乾淨俐落，恰到好處。畫，筆該停就停，紙絕對不能髒掉，髒掉就不是藝術。油畫，它的油墨沾到能夠讓色彩疊起來，它可以呈現出三度空間的感覺。

罵人也有深淺之分，就像吃辣一樣，你要加小辣、中辣還是大辣？吃完辣，最好是吃一點甜品或是比較清爽的食物，像一般人吃完辣的都會喝一些飲料或冰品。

罵人也是一樣，罵完之後，要有一些鼓勵或建設性的話，你要呈現出一些愛、友誼或有親和力的東西，才會剛好平衡，有情緒上的一種飽和。如果罵你就只是為了罵你，那就不是藝術，罵人之所以是藝術，是因為它是一種表現的手法，所以要懂得「收」。

收的好，有一個漂亮的結束或結局，才是藝術。

在樂團裡打了鈸以後，要知道什麼時候該收音。有的人是打了以後，他會按住鈸的邊緣，讓它不會再共振，而不是一直敲、一直敲，從頭到尾亂打。藝術是打了以後，會停的。一定是在某個時間打、某個時間停，或是計算多久的時間內效果會消失，或「自然」的結束等等。

罵人就是這樣——罵！然後停！旋律就會出來，意境就會美。達到目的，就該停了，然後另一段旋律就要開始。

要懂得收，你就不能罵過頭，就像燉牛肉，爛了還會好吃嗎？罵的時候要有目標，要有一個目的，目的、目標達到之後就應該停止，否則罵過多，只會變成被罵爛掉。

就好像說電影一個鏡頭很美……要美多久啊？高潮來了，是要高潮多久啊？罵的時候，點到為止，他知道就可以了。不管是你要教他，或是你要表達自己不滿的情緒，或是你要告訴他這樣子是不對的，你要點醒他等等，目的達到就好啦！這些都在觀察中，都在計畫表之內，也都是藝術的一部份，要好好的、仔細的處理好。

你必須清楚，你罵他不是為了罵人而罵人，不是在亂搞。

你一直罵、一直罵，目的是什麼？男生當兵時，應該看過長官罵人。有些已經不是在教訓人，那根本是在表演了。就算是表演，也要見好就收，否則再罵下去，人家就覺得戲演爛了，歹戲拖棚。

見好就收的這個「收」，就是一個藝術。罵人罵到恰到好處，該收的時候就停，哇～連被罵都很爽。我的職員常說，被我罵是一種幸福，因為你要被罵，我還不見得想罵你哩！你覺得被罵一下很爽，你還爽不到！

當你想要找人對罵一下，誰有這個功力跟你過幾招？過完招之後，點到為止就應該停了吧。偏偏對方還拿著刀一直砍、一直砍，就是收不了。

這也要懂得欣賞的人才能體會，尤其是吵架能找到對手，是一件很過癮的事，不懂的人就只會鴨子聽雷。其實，若是沒被罵爽過的人，當然不懂其中的奧妙。

一般人做不到這一點——當然啊！難道每個人都是貝多芬嗎？都是畢卡索嗎？那你問說：「他們怎麼做得到？」練啊！有人一下棋就馬上變五段的嗎？人生不是這樣，總是要花很長一段時間才會變初段，再花時間進步成二段，一直上去。若藝術不能練，就不必談了；而練了之後就有境界的不同啦！

既然是藝術，就是可以練的，功力是可以學習的。其實不難懂，大家在生活中都有共通的語言，就像大部分的人都會下象棋，但不是每個人都是五段、六段；他有五段、六段的境界，跟你初學的相比，當然差很多。

所以，罵人要會「收」這件事，一般人乍聽之下會以為瘋了。已經在生氣了，還要給你甜點？還要表現出我愛你？真是見鬼了！氣都氣死了，還要講好話？最好你馬上給我從地球上消失……這就是我們在講的「畫圖」，你不懂得收筆，整張圖都畫到黑掉了，還畫什麼畫？這還叫藝術嗎？

以跳舞來說，不但要柔中帶剛，還要剛柔並濟，這可真是藝術。當我可以這樣子跳，我就會想著可以再怎樣跳；我並沒有跳到瘋了，所有跳的一切舞步與姿勢都在控制範圍之中，正謂之藝術。

不只罵人要懂得收，其他的事情也是一樣。有人很會開玩笑，但講笑話沒有節制，會好笑嗎？就變成彈性疲乏，口無遮攔了。

喜劇電影的藝術也是一樣，觀眾一但覺得滑稽，就要轉成平淡，劇情不能一直都很滑稽，一直都很滑稽，就會變成不好笑了；你可以很好笑，可是一定要有喘息。

音樂再怎樣優雅，它的節奏一定要變；以跳舞來說，就算某個動作再美，也不能一直保持同一個姿勢，姿勢一定要變。學藝術的人都不難理解，這就是起承轉合的過程中，必須要有的一個環節——要帶動一個高潮，要放、要收、要轉接、要結束或漸緩。

罵人是一種藝術，是一種功力，一種修為。我並不完全認同或支持那種從來不生氣的人，或是公司老闆非常和藹可親，很仁慈，從來不罵人，或是說這個人的素養很好，從來沒有聽過他罵過人，這一點我並不是很贊同；個人認為這是一種美中不足。

就像有人選擇一輩子都不吃辣，並沒有什麼不對，但是以烹飪的領域來說，就不能不討論辣，不可以說人生不應該有辣。既然我們講的是人生，討論的是生活的領域，不應該把它區隔掉，我覺得這都是應該談的。

你可以說大師修養好，都不罵人；我的脾氣很不好，常在罵人，這我倒是可以認同。但如果說大師不會罵、不懂罵，那就少一味；若我只會罵、不會收，那就功虧一簣。

我比較傾向於這樣的態度——你可以罵人，但你必須練習到罵人之後，你知道怎麼樣處理自己和對方的情緒，你要負起這樣的責任。你知道你罵人的目的，要如何表現出一個境界，你自己要很清楚，但你應該要會罵、要能罵；只是你可以選擇你要不要罵，以及這個時刻是不是該罵——就像有權，卻不一定要用權，是嗎？

一心二十七用

# 之七 鼓勵

# Encouragement

鼓勵是一種親和力的表現方式。

一般人都會比較需要被別人鼓勵，喜歡被別人讚美；讚美就覺得爽，但鼓勵是可以激勵人心的，可以改變命運的，不過鼓勵是有盲點的。

譬如媽媽跟你說：「你要去爭取自己的幸福啊！」或是說：「你要努力一點，如果沒有考上好學校的話，以後可能會找不到工作！」其實，媽媽說這句話的用意和出發點是為了鼓勵，但結果卻適得其反，因為你聽了很不舒服，心裡那股叛逆的念頭就冒出來了。

那麼，正確的鼓勵到底是什麼？應該是給對方一股「一定要朝正面方向走」的力量，不管任何時候，個人、團體都可以給予或被給予的正面力量。

那，什麼叫做「正面的力量」？這也滿有趣的。就算相同的一句話，講出來也會因人而異；用諷刺一點的角度來說——就算混黑道的，也可以有正面的鼓勵力量。

其中的重點，在於聽話的那一個人是不是覺得正面？這是第一個，對於目標、理想、方向，他聽了之後有正面的作用。

另外一個，是說話的人有沒有把力量傳達出去？聽的人接受到的力道又有多大？所以，在鼓勵時所使用的力量強弱，也會影響到一個人朝向目標邁進的力量。

以打高爾夫球來說，揮一桿——哇！離洞還很遠；有時候揮太用力，又把球打得超過太多。該用多少力道，就要看洞的距離有多遠。

為什麼用高爾夫球作比喻？是因為揮桿的人需要使用多少力道，完全決定於洞口有多遠、方向在哪裡；他必須能夠知道出多少力道才是適合的。至於要鼓勵別人的人，也必須先了解聽話者的目標在哪裏，才有辦法決定要用多少力氣。

這很有趣，因為打高爾夫是你自己打，你自己看到洞口在哪裏。但鼓勵人，是我鼓勵你，我看到你到的洞口在哪裏，我用多少力道去鼓勵你，最後，你用從我這邊接收到的力道，讓球進洞；換句話說，就是我們兩個人合作去讓球進洞。

我知道你接下來應該打到那一個洞，那我來鼓勵你，告訴你該用多少力道，方向該怎麼調整，才能讓球進到那個洞。而且，你對於把球要打進那個洞本來就認同，我們兩個必須同樣看到那個洞，我才有辦法鼓勵你。

但很多時候，就胡亂鼓勵一通，洞在哪邊也根本不知道，反正就胡亂出力，對方就會覺得打錯方向、用錯力氣，或覺得沒被鼓勵到；或明明知道你在鼓勵他，但對他沒什麼作用，那就不成藝術了——沒辦法共鳴嘛！有溝卻沒有通。

所以，鼓勵人家的藝術在於：這個鼓勵是他要的。

他一定要先有一個洞口，你要鼓勵他，就得要先看看他的洞口在哪裏。鼓勵他的時候，如果言不及義，對方會覺得沒有真實性，會覺得講這些話根本是神經病，把球打那麼遠要幹嘛？若你只鼓勵一點點，他會覺得這些話對我沒什麼幫助，反正最後也進不了洞，然後他就會傾向於放棄，不打了；彼此之間的感覺也就不美了。

這些鼓勵到最後，會變成隨便說說，或讓對方覺得這些話很虛假；然而，會衍變成這樣的反效果，也是生活藝術裏面一個非常有趣的地方。顏色用不對、力道不夠精準，會讓對方有一種不真實的感覺，他甚至會把你的意圖想成是負面的。

就像你給他一件最時髦的新衣，他看起來卻像破舊的衣服一樣；也好比音樂家在練習的時候太大聲了，有人覺得不能接受，不管你彈得怎樣，他就忘記你的音樂好不好聽，因為聲音太大、震耳欲聾，他就覺得難受，對他來說根本沒有什麼藝術可言。

所以，鼓勵的時候，也一樣要遵循這個規則。你除了要看到他的目標之外，你給他的力道，跟他自己要的是一樣的，然後那個人就會很高興地說：「沒錯，就是這樣！」如果你的力道稍微差一點，他就會：「嗯……，我可以……」，因為鼓勵要有一個結果，你鼓勵人家到底有沒有效，要看那個結果，就是他聽了之後，對未來有沒有信心。

當你鼓勵了之後，對方可以因為這個正面力量而產生行動的意願，這就是鼓勵的結果。那個意願會讓他在行動之後，增加成功的機率。最後的成績，可以驗證你的鼓勵到底好不好、對不對、有沒有很正面。在這過程中，從開始到最後所發生的感動、共鳴與心境，就是一種藝術，不是嗎？

為什麼鼓勵是一種藝術？如果你隨便鼓勵講兩句：「你會成功的，你不會失敗啦！」、

「你一定可以的啦！」、

「中國一定強啦！」

講這種話是鼓勵沒錯，但結果咧？

藝術之所以是藝術，是因為它有一定的技術、有一個熟練度、有一種美感，可以衡量到最後是不是可以到達「美」的境界。在講話方面的美感就是他爽嗎？是不是覺得爽到了？

那個感覺，就是純粹的藝術。它有技巧，可以練習，講

求功力，能被生產製造的，是為藝術。

在鼓勵別人之前，你真的很瞭解要鼓勵他什麼嗎？

你知道他需要的是什麼嗎？

你為什麼要鼓勵他？

鼓勵他之後，他爽不爽？

對他有任何作用嗎？

這是最後對你的評價——他聽到那個鼓勵爽不爽。

因為有些時候，他並不想打進那個洞，你的鼓勵對他反而是負擔。

譬如說，有個人並不想娶某個女生，你卻一直鼓勵他去娶那個女孩子，他愈聽負擔愈重，你卻一直對他說：「好啦，你可以去追她啦！」

「她會願意嫁給你啦！」

「她一定很喜歡你的啦！」

「沒問題，她一定會說OK的！」

聽到這種鼓勵，其實他是很沒有真實性的。

在鼓勵的時候，如果沒看清楚目標，鼓勵沒有正中下懷，反而會產生反效果。

鼓勵有一個階梯式的、循序漸進的步驟。你去鼓勵一個人，不是放空包彈，言詞千篇一律、粗枝大葉的隨便鼓勵，那樣不會有效果，更搆不上是藝術。你就是要精彩，愈精彩、再精彩、更精彩，到了一個極限的時候，就會有一個突破。

所以，鼓勵到最後，就來個無厘頭或幽默，或是變成讚美，那就會變成一種轉向，這就是一種藝術。

在鼓勵上頭，應該要循序漸進。因為鼓勵一個人不是一次就能到位，我覺得鼓勵之所以為藝術，一定跟著被鼓勵的人一起走才能看得到他的目標。如何將這個正面力量發揚光大？怎樣將對方帶入成功的領域，成為藝術的最終產品？這就是要研究的地方。

除非，你的鼓勵是那種一生一次的火花，就另當別論。好比你在後台看到一個女孩子很傷心，跳舞跳不下去，你鼓勵她一下，以後你也不會再遇到他，也許她在某個時刻會記得你對她的鼓勵或讚美。或是你曾經想起路人的一句話或是一個鼓勵，這是單獨的一個事件，像是小品，頗可愛，也一樣美。

但是，因為我們談的是生活的藝術，既然是生活，就不會只有一天而已，是要很長久的。

生活的藝術，我為什麼那麼喜歡、那麼痴迷、那麼瘋狂、那麼鍾情、永遠不減對它的熱愛？最主要的原因，正是因為生活會一直延續，它的延續本身會讓你感覺到美。從對的方向發展本身就是難得可貴的，創造生命的火花，就是藝術的境界及永恆。

如果有一件事物很美，但它的美像煙火一樣很短暫，我覺得很好，可是這樣的藝術不在這裡討論的範圍內，也不是我們追求的。生活的藝術本身是生生不息，讓你感覺到綿延流長，永續不斷的那種感覺。它的難度、它的美，因為這樣的基本條件及特質，讓它獨樹一格。

當你鼓勵一個人的時候，其中的藝術在於你是不是在對方改變的過程中，任何時間點你都可以給予扶持、給予關心？就像小孩子學芭蕾舞，當她快要跌倒的時候，老師會剛好在那邊扶一下，轉身的時候快要倒了，扶一下，就剛好不會跌倒。那個輕輕扶一下的動作，剛好讓他平衡，讓重心有一個支撐，那就是一種鼓勵。而孩子就因為這樣的「鼓勵」學會了平衡，找到了正確的姿勢！

鼓勵是很多面的、很多種型態的，在言語上是一種鼓勵、在動作上是一種鼓勵、在領導上是一種鼓勵、在團體裏面是一種鼓勵。就像剛剛以練芭蕾舞來說，鼓勵不一定是固定的形態。

所以，為什麼老師或是教練在，那些舞者、競賽者會受到鼓勵？因為老師會說：「對～很好，繼續！」，「沒關係，好，可以！」哪怕只是一個微笑、一個點頭、一個眼神，甚至只要在場出席，就可以深深鼓勵到舞者，他就不會倒。

可是如果不懂怎麼鼓勵的人，他要扶你的時候，原本該扶你肩膀時卻拉你的手，當然沒有鼓勵到，重心就會偏掉，就會跌倒；或是他把你救起來了，你沒倒，但感覺很難受～哇！這就不是藝術了。

你知道嗎？在舞蹈裏面，當一個人在轉圈的時候，你只要在他的耳朵上吹個氣，呼～，他就會倒了，這就是藝術有多麼精確跟多麼脆弱的程度。正因為它那麼脆弱，相反地，從正面的角度來說，只需要一點點的支持，它就可以昇華。這樣的特質，讓藝術更令人敬畏與敬仰。

鼓勵者，必須也是帶領者。在舞者轉圈的時候，如果重心不穩，只要稍微摸一下，就可以再繼續轉下去了。那樣的鼓勵雖然很輕，但是你知道那個支持的力量，是讓你繼續轉下去跟「砰！」倒下去的差異。

會跳的人，他摸你的腰一下，摸你的肩膀一下，你就可以繼續跟那個人跳下去。他知道你快要倒了，或是他知道在那個時刻你沒有倒，但他只要輕輕給你一點力量，你就會覺得充滿活力，好像再轉個一百圈都沒問題，就只是那一點點的支撐，那就是完美的激勵。

你可以留意一下，不管花式溜冰、男女合作的舞蹈，那個男生給女生稍稍撐一下，他甚至沒有特別用力，但因為他扶住或給妳一些力道支持的感覺，那就是不得了的鼓勵，一點點就夠了。

但是，有跟沒有撐，差別非常非常地大。那個東西真是充滿藝術，微妙到讓人拍案叫絕。

像教練在適時的時候會說：Keep going、Keep going、Come on、Come on！那個不得了，真的不得了。我們以前在參加跳舞比賽或是在練習的時候，你的力氣用到了幾乎耗盡的程度，教練在那時候忽然說一聲：Come on、Come on！哇，力氣就來了。教練在整首舞的過程裏喊1、2、3、4、5、6、7、8或是給你彈個手指，感覺非常不一樣。那樣的幫助，就是在迷失跟不迷失當中的分界點。

他幫你找回節奏，把你扶正回來，那就是一個鼓勵。那種鼓勵很偉大，而且只有被鼓勵到的人才知道：「啊～多謝，幫我喊了一聲。」，或他剛好一轉身，有點不太清楚要怎麼跳的時候，教練跟你說：Go forward!幫你指引方向，這個東西很重要——他可以保證你沒有跳錯。

他一提醒，你馬上知道修正方向，那是在身體語言，或是在領導口號上給予一個方向、給一個力道、給一個正面的力量，這個東西非常偉大，非常精確，細緻而巧妙——這當然是藝術啦！

在團體裏面，很需要這樣導正方向、會激勵士氣的人才。像打籃球的、打棒球的，甚至於公司企業在領導的時候，有各種方法來鼓勵士氣，或是要擴張規模，強化戰鬥力、向心力的時候，關鍵在於那一個領導人會不會「鼓勵」。

當然，除了領導者之外，任何一個員工、行政主管都可以去鼓勵別人。他可以頒發一個東西給你，那個東西會有很大的鼓勵，譬如說發全勤獎金、績效獎金，這也是一個鼓勵。

就算運作出了狀況，或是有什麼樣的制度改變，甚至是要殺雞儆猴，主管也可以說：「現在有些問題，我們開個會來討論一下吧！」，這東西也有很大的鼓勵作用，因為這表示「I care about you.」。

為什麼殺雞儆猴是一種鼓勵？今天開會，老闆跟打混的人說：「你這樣做是很不好的，我們決定要把你fire。」或是說，什麼福利不能給誰，為什麼這也算是鼓勵呢？雖然聽起來有點負面，但是你必須要了解一件事：因為不好的東西是不應該存在的。

這些打混的人越多，對那些好人就是一種威脅，這些安份的人就得為這些一天到晚出包的人扛更多的責任。

老闆殺雞儆猴，就等於是跟那些好人說：「我看到你的痛苦了，從此你不必再揹這個包袱了。」那些好人就會突然覺得接收到很多鼓勵，之前就是揹這麼重，有苦難言，才會愈走愈困難，才會這麼辛苦；當有人站出來說話，幫他把這個包袱拿下來的時候，他就會覺得：「哇～你竟然有看到我這麼辛苦！」心裡當然會很爽。

在團體裏面，尤其是在公司裏面，有些人扛得很辛苦，可能是行政主管，或是一個很勤勞、很優秀的職員，別人做不來的就丟給他，他就一直扛。

這有點像卡通影片，你幾乎可以看到他頭上的三條線，像一座山壓在頭上，你看他的脖子好像已經快變成柱子了，整個人快變成鋼鐵了，操得半死，整天拚命，但別人似乎視若無睹，就看著他這樣扛著整個部門的垃圾。

這也是一種藝術的眼光。我可以看到那個人身上揹的那座山，我可以看到那個人臉上的三條線變九條線，好像瘋子一樣；他頭上旋轉的金星、臉上的線條、身上的包袱，我都看得到。

我會跟他說：「老兄，你臉上那些線可以丟掉了。擦一擦吧，太瘋狂了，有點像瘋子。」

然後，你會看到那個人倒抽一口氣，這對他來說簡直是天大的鼓勵。「你怎麼看得到我臉上的三條線？哇！」

我覺得那種感覺很美，因為我詮釋了他的感受，照顧到他內心深處的感覺，有觀察到、示意到他臉上那三條線後面承受的辛苦。

在生活裏面，你常看到某個人，手都快斷了還在揹，你跟他說：「阿婆，我幫你拿！」這就是鼓勵。

所以，在每一種角度裏面，大家都可以互相鼓勵，把它運用在生活裏面，把生活變成一種藝術，而不是很俗氣的只是去追求看畫展、聽音樂、演唱會，而是真的讓氣質變得優雅，提高生活品質。

不管丈夫老婆、男女朋友、公司同事、婆媳等等，都可以藉著溝通、了解對方的意願、注入正面的能量，這都會是鼓勵，這就會產生出生活中的感動、美及共鳴。

鼓勵還有另一個觀點。很多人是需要被鼓勵的，但是他並沒有特別期待別人給他的鼓勵；在生活藝術裡的鼓勵，是在他需要的時候你給了他，不過他並不知道你可以給他鼓勵，或者是不在他的預期之內被人示意到。

所以，為什麼鼓勵是藝術？因為鼓勵的人是主動的，對方沒有要求說：「鼓勵鼓勵我吧！」這種乞討來的鼓勵是少數，但一般的鼓勵完全是主導性的，完全是創意性的，所以會變成一門藝術。

任何你可以加入創意的東西就會變成藝術。當我創造一個方法來鼓勵你，這是無中生有的，甚至於你沒事、沒病，我也可以鼓勵你。

那鼓勵的內容就是我們所謂的正面力量，它永遠可以讓你更好，不管你是不是乞求、不管你是不是需要、不管你是不是等待，時時刻刻都可以鼓勵，任何的鼓勵都很正面，都能讓生活更好、更美，這就是生活的藝術。

你永遠都可以給予任何一個人鼓勵。不管是窮困潦倒的人，或是飛黃騰達的人，你都可以再鼓勵他，因為他都可以變得更好、更開心。所以，鼓勵這件事情本身相當相當美。就算他沒事，你也可以鼓勵他一下，他一定會更好，多棒！你說呢？好還可以更好，美也可以更美，這就很藝術啦！

一心二十七用

# 之八 飲食

# Diet

在飲食裏，你必須要有品味，要知道該怎麼吃。在「食衣住行」裡，「食」排第一個，這是人生需求當中最基本的一項，生活裏面，吃是很重要的情趣，我把它列為藝術，一定要懂得吃。

常常煮飯的人，就懂得吃，不僅是吃下去這麼簡單而已，你還必須真的要有興趣去「品」。

「品」很重要。每一個人的「品法」，不太一樣。你要喜歡去品嚐，才會厲害，常常要去外面多吃一些不同的食物，也要自己會研究料理，才會知道這些東西究竟有什麼不同、有什麼相同、有哪些類似的地方。

你要能吃出自己的品味之前，必須要先知道一些基本的概念。怎樣才算好吃？怎樣是不好吃？你才會有自己的看法，才能享受及欣賞，也才有自己的風格。

在飲食上，我喜歡變化，喜歡去不同的餐廳，嘗試不同的味道，吃不同國家的食物。我經常去高級的餐館吃好東西，也同樣喜歡大街小巷及夜市的各種小吃與美食，非常非常喜歡，所以在飲食上，我能夠接受的變化很大，量也很多。

基本上，飲食這個項目，談起來真的讓人很快樂、很舒暢。畢竟民以食為天，只要講到吃的，可以讓一個人有很多的心情改變，這也是很有藝術的地方。我喜歡不同的情調，譬如今天晚上就吃味道很濃郁、很辛辣的重口味，或是很清淡、顏色清爽的沙拉，非常愜意的那種風味，不管是大魚大肉或是麵粉糕餅的各式各樣口味，這種變化非常有意思。

在以前的日子，能吃就是一種幸福。吃東西就會讓你出現很多的情緒，很多的樂趣。以前我很會吃，一天可以吃五餐，吃的又多，幾乎是不忌口也不停嘴，有時候想起來是滿噁心的。皮包裏面放了很多零食，只要走在馬路上看到的路邊攤，我幾乎都會買來吃，像是麵茶、饅頭、豆花、炸紅豆餅、米糕、豬血糕或是小蛋糕，我通常都會買來吃；蚵仔麵線、糒糬，我一定會吃。

從小到大，我就是這樣過日子，而且小時候沒有什麼好吃或不好吃的問題，幾乎無所不吃，所以吃了很多東西，這是我生活中不可或缺的一大樂趣。

飲食的藝術對我來說，首先就是能夠吃的廣度要夠大，敢去嘗試各種不一樣的東西。那種能力，是培養出好品味的基礎；沒有足夠的量，難有真正的質，一定要練。這是成為藝術的不二法門。

如果你只吃一種菜，譬如只吃四川菜或只吃湖南菜，能夠品味的範圍會很狹隘。我是各種菜都吃，不管是中國南方菜、北方菜、四川、江浙等等各省的都吃，而且我嘗試過所有可以吃的外國菜。像法國、摩洛哥、非洲、蘇聯、阿根廷、土耳其、智利、巴西、瑞士、希臘、墨西哥等等，各式各樣的菜我都吃過，而且還算滿喜歡的。

各國的菜有他的不同特色，譬如說，義大利菜的海鮮或麵食主要有兩種醬，一種是白色，或是紅色糊狀的醬，就是Cheese醬或是搭麵粉類食物，以番茄為底的醬。另外一種就是用酒做的醬，像是煮海鮮、義大利麵、餅類的醬料，還有很多家常醬料，或是個人特調或名廚調製的特色醬料。

其實，我覺得愈研究愈發現一件事——各國食物有很多共通的地方。我常常覺得奧地利和義大利的飲食文化跟中國人很像。

以我個人來說，我比較喜歡日本食物，清淡、簡單。沙西米是魚本身的天然味道，但也有炸的食物，還有很多的醬料與醋、醃漬物、蒸的或燙的。

像法國餐，我對他們的甜點，尤其是具有高熱量的甜點還滿有興趣的。我就不太喜歡義大利的甜點，吃起來不夠味；法國的甜點有一個特色，就是會用很多、很多的牛油，一層蛋糕塗一層牛油、一層蛋糕再一層牛油，蛋糕跟牛油幾乎是一樣的厚度，有夠過癮的！吃的時候就這樣整口吞下去，讚！

我看到很多老太太在吃，就覺得好快樂喔！怎麼可以這麼快樂？等我老了也要這樣吃，現在吃一定會胖死了。法國人就是吃整片牛油，跟蛋糕一樣的厚度，它就像千層糕這樣疊著，你可知道那一塊蛋糕吃下來，吃進去了多少牛油？——很多人擔心油太多對身體不好，其實若是好的油，根本不用怕，對身體很健康；只要你的生活是平衡的，平常不過度飲食，偶爾這種吃法真的很享受。

法國佬極度愛吃兩樣東西。一樣是Butter，黃色的那種；另一樣就是白色的鮮奶油，他們的食物有很多的這種東西。不過，法國的牛油真的很好吃，我到法國去也是大吃牛油，他們國家的牛奶真的是一流。

動物性的油脂，其實屬於比較天然的，這個話題在健康裏面會提到。如果油脂是屬於天然的，那些動物沒有打過荷爾蒙、沒有生長激素，沒有消毒過的，吃有機草、穀物的，用這種牛的牛奶所做的奶油其實非常健康，對人體很好。我自己吃很多，生奶製的。

以我個人來說，早期跟近年來的飲食差別頗大。早期吃的非常寬廣，因為很愛吃又很能吃，幾乎無所不吃。可是過了四、五十歲以後，為了怕胖，我就避免掉很多食物，基本上禁食的是澱粉類跟碳水化合物，像糕餅、甜點就沒有再吃那麼多了。

以過去的比例來看，將近禁掉了**95%**。以前我可以一口氣就吞掉一個蛋糕，一塊鳳梨酥或巧克力一口就吃完了。現在一整年下來，我可能只吃一碗飯、一碗麵、一碗糯米、一碗米粉、一碗麵線，至於蛋糕、甜點之類的，那幾乎是少之又少，但還是有在吃。跟一般人比起來，我還算是相當有口福的。

另外一個改變就是，現在的我是不吃宵夜的。以前吃宵夜吃得很兇，幾乎天天都吃，後來怕胖就沒再吃了。以前我也很愛吃糕餅，什麼喜餅、米糕、麻糬、倫敦糕、涼粉、各種酥、派啊、咖哩餃、蛋塔、蛋糕之類的，不管甜的或鹹的，反正馬路上能買的、麵包店裏賣的我都會吃，愛吃的不得了。而且我一次都吃十幾、二十個，一口氣把一盒吃掉，食量很大。

以前去看電影，如果電影還沒演完，東西已經吃完了，那電影就不好看。進戲院前要買夠看一場電影吃的量，我都會買一大袋，好像去遠足一樣，遠遠看去是高高的一盒。然後再買一袋水果、一袋滷味，那時真的吃很多很多，是我快樂的時光與美好的回憶。

只要我跟朋友去任何展覽，有很多那種搭棚子的小攤位，我們都會打賭，吃輸的人付錢。朋友已經吃不下了，我會說：「不行！我還要吃小粒的麻糬，而且要吃七粒。」他就對我甘拜下風。逛夜市也是這樣一攤接著一攤，可以連續吃十幾攤，吃一整個晚上，吃一吃又買一買，胃還有很多空間可以撐甜點、水果、冰之類的，很可怕。

我覺得，若從現在開始都不再吃，我也沒有比別人一輩子吃的東西少。以前我都一天吃五頓飯，而且每一頓都比人家多，還常吃Buffet吃到撐；我朋友都會這樣問我：那些東西都被你吃到哪裏去了啊？吃到腳下去嗎？胃到底長在哪裏？但是，所有人都不知道那些東西怎麼裝進去的，因為胃就這麼大啊，我卻能夠這樣把一桌東西都吃下去，真的不知跑哪去。

我自己覺得也滿奇怪。我有很多次聽到別人這樣說我，不知道這是一個難聽的名聲還是怎樣——很多認識的跟不認識的人，尤其是男人，都跟我講過同樣的一句話：「我從來沒有見過像妳吃這麼多的女人！」我在不同的國家、不同的時間、不同的地點、不同的男人、不同的語言聽過同樣這一句話。

你看，這有多嚴重，哈哈哈！

這是我的記錄，關於我吃的記錄，還滿有趣的。

現在回想起來，實在是不太健康。我在想，我的腸胃並不是真的那麼好，雖然沒有什麼大問題，但偶爾還是會脹氣，應該是以前吃太多了，就像瘋掉了一樣狂吃。

我不太會拉肚子，除非是吃到了不好的食物；但以前我吃的習慣實在是太噁心了，冷的、熱的、甜的、鹹的、冰的、涼的，亂吃一通，無所不吃，承受得住各種食物，胃還算是很不錯。現在可能吃得太少了，就比較會脹氣，但是再老一點，如果不怕胖了，我想我會再繼續吃，能吃簡直是天大的享受，哈！

現在年紀比較大了，吃的東西就跟養生有關，吃法完全不一樣——量少，而且相當重「質」。

現在我盡量少吃澱粉，也不再吃那麼多的量，飲食相當地控制，和以前的吃法相較之下，非常的兩極。現在相當的規矩，以前則是亂七八糟地吃。所以，若是把我的人生分成一半，一半是那個樣子，一半是這個樣子，會形成強烈對比。

我最糟糕的習慣就是一定要吃甜食，一定要吃飯後甜點。以前好吃的甜點比較多，現在好吃的甜點比較少，不容易找到好吃的甜點，尤其是在餐館，很多的甜品並沒有很好吃。可是，如果真的遇到很好吃的，我就會吃。

我跟先生去度蜜月、去約會、去旅行，如果找了一間很高檔的餐館，它的甜點做的真的很好，我就會吃好幾種。但是，大概也僅限於跟我先生在一起，比較有情調；我先生也很喜歡看我吃，那我們就會很享受地用餐。

以鳳梨酥來說，我自己非常喜歡吃這種東西。鳳梨酥做的好不好吃，我很清楚。比較不好吃的鳳梨酥吃起來有一點酸，吃起來不純，它的皮糊糊的，沒有什麼特色；而且很容易鬆掉，還沒咬就碎開來了。因為它的品質不對，那種就比較不好。油不對，鮮度不對，摻雜了不好的料，都吃得出來。好的鳳梨酥光是皮都有特別處理，是蛋和純牛奶做的，所以吃起來比較香。

好的鳳梨酥，它就是貴在酥好吃。但是，好吃的鳳梨酥又貴，現在市場不夠景氣，你東西賣那麼貴很難生存。但是呢，如果品質夠好，做出名聲來，只要吃過的人都會念念不忘。

我爸說，遇到好吃的鳳梨酥，就算再貴都跟他買。加蛋黃，多一點料，好吃的很好吃，值得。我老公可以一次吃八個耶，給他吃一下就沒了，哈哈！我真的看到會怕，年紀一大把了，還吃成這樣。

現在的餅沒有以前那麼Q，我覺得，是材料跟內容變得比較粗吧！應該是加工的部分，使用劣質的材料，又添加了防腐劑。如果要買到比較細、比較好的，又真的很貴。貴倒是無所謂，可是就不多見。

我個人認為，現在的餅太不好吃，倒是麵包比以前好吃，改良的麵包比以前好吃很多。麵包的發展好過糕餅，現在的蛋糕沒那麼好，像現在外面賣的派、慕斯，內容很粗糙。連蔥油餅、蔥抓餅、饅頭等等麵食都沒以前好，還有水餃——以前的水餃皮很Q，肉餡包在裏面好像會跳一樣；現在怎麼都跟餛飩一樣？應該是麵粉的質變了。

咖啡廳裏的糕點，外表看起來很漂亮，可是都不好吃。那些東西，我看一眼就知道不好吃，引誘不了我；我一定要做得很好、很特別的糕點，我才會喜歡。

我喜歡吃，也很懂得吃，對食物的好壞、品質、新鮮度非常敏感。以前食物的品質跟現在不一樣，是因為現代人的品味跟以前差很多。

現在基本的飲食的習慣，從很久以前就改成以再製加工品為主，所以年輕一代的飲食習慣也改變了。家庭主婦不再做飯，孩子也學不會品嚐了。

現代人所謂的好吃，常常指的是在再製品方面。什麼叫好吃？炸薯片最好吃，泡麵最好吃，飲料最好喝；現在年輕的一代，吃人工甘味最合胃口。

而我吃的，是最基本、最天然的食物——蔬果、海鮮、肉類，所以我很能品出這些食物夠不夠天然、新鮮不新鮮、質好不好。

就像吃鳳梨酥，如果不好吃，我就不會吃了。以前小時候，會把它吃到肚子裡去，現在只要麵包用的麵粉不對或味道不對，我就不吃了；尤其我對防腐劑、色素、化學藥品這些東西很敏感，那些我都感覺得出來。食物用的香料是不是天然的，我通常都吃得出來，不然就看製材才吃。

像有些蜂蜜蛋糕我不太敢吃。它可以放一個月，所以一定少不了乾燥劑、防腐劑的成份。還有速食店的那種蘋果派，都是冷凍的，現在很多餐館的東西都是這種的，我都不吃；他用冷凍再用微波爐加熱，這是世界上最糟糕的食物，不健康。

那種東西不應該吃，因為那種東西會致命，連電影都有記錄片拍出來了。他吃一年的速食，變成全身都是病，然後再想辦法養回來，太噁心了。把速食當三餐吃一年，什麼肝指數、心血管疾病、血壓全部都完蛋，多可怕！不好的泡麵，拿去餵老鼠吃，三十八天就死了。

雖然我是長期減肥，但我不是執行「少量多餐」的吃法，對我來說畢竟不方便。從小我就是大量進食的人，叫我少量地吃，其實也滿難受的。

以現在的飲食量來說，一天的食量是一餐半到兩餐半，要看當天忙碌的程度。我儘量儘量不吃晚餐，或只吃水果、吃半餐，吃少一點。

我最重視的是早餐，如果早餐簡單一點，午餐一定會吃得比較豐盛，然後晚餐比較簡單。如果晚餐吃得相當少，隔天起來很餓，我就會在早餐吃大餐。

餓的時候，一定要吃蛋白質，不要吃蛋糕或甜食；因為血糖不對，對健康不好。早上或第一餐吃多一點的蛋白質，可以撐得比較久，消耗得比較久，工作時耐力比較足夠。

很多人會說他早上不餓，所以不吃。早上不餓的人有兩種：一種人是晚飯吃很多，另一種人是吃宵夜的人，這兩種人早上不會餓。一般如果晚上沒吃太多，早上絕對會餓的，所以我會建議早上吃好一點、多一點，一整天剛開始就準備充足，不會讓你飢餓、想吃零食、體力不夠、血糖變低，然後變成晚飯會吃很多，這樣就容易胖。

我仔細形容一下，一般人飲食不正常變成惡性循環的理由。比如說，早上故意不吃，中午又吃得不夠好，晚上就大吃一頓，這將會導致想晚點睡，因為剛吃完之後精神比較好；比較飽會睡得比較沈、比較久，醒來又會比較累，身體也比較容易變胖。

晚上吃太飽，會導致隔天早上變得不太餓。因為他不餓，就隨便吃個甜甜圈、喝個咖啡了事。這樣下去，身體就不會健康了。

到了中午，隨便吃個便當，但沒有吃得很好，因為早上吃了甜甜圈或甜餅之類的，這些澱粉類食物會加速引起飢餓感；早上這樣吃，到了中午胃口不會太好，因為糖在身上的關係，可是身體還是會覺得餓，卻會想吃澱粉，所以很可能會吃麵包、麵、冬粉、米粉之類的食物，反正都不是什麼有營養的東西。總之不會很餓，所以就隨便吃；若睡不飽，更容易沒胃口。

到了下午三、四點，就開始想睡覺，體力不支、迷迷糊糊，這些都是飲食造成的問題，而不是什麼身體健康的問題。因為身體需要的養份不夠，三、四點的時候就會想吃東西，在這個時段，一般人常會選擇吃一些垃圾食物或是剛出爐的麵包、餅乾、炸薯條、酥餅、雜七雜八的零食。

在這個時間點，相對也比較不容易吃到正餐，正式的餐廳大多都在休息；除非在家自己做，但一般上班族會隨便買，隨便吃。

三、四點如果有吃東西，六、七點就不會感覺那麼餓，又變成八、九點才吃晚餐，這就是惡性循環、會胖，或是變成長期營養不均衡的關係。白天體力已經不太好了，晚上還跑夜店、抽菸或吃宵夜的人，當然會變成更不好的惡性循環，雪上加霜。

如果要減肥或是把身材弄好一點，而且體力與健康都要維持住，就要把這樣的習慣反過來。

早上起來，八、九點，你應該要吃一客牛排，就算不是牛排，也要好好吃一頓飯。中午也一樣，吃雞腿或排骨，但就是不要吃零食，可以吃一點水果，或是喝水。

到了晚上，就簡單的吃，六點以前把它吃完，然後一直等到明天早上再吃，這樣子的飲食方式就比較不會胖，也比較不會有下午、傍晚時那種愛睏、打瞌睡的情形。

以我的經驗及研究，這樣最能維持美好的身材，又能保持健康！

有人在中午吃飽飯會想睡，其實也是血糖上的問題。因為吃的東西是澱粉為主，但身體的營養是不夠的，所以吃飽飯會想睡。

吃飽飯想睡覺的現象，除了身體本身不健康之外還有一種情形，是吃的東西屬於多糖、多油、多澱粉質的食物、再製品或不好的脂肪，才會產生這樣子的狀況——十二點到一點就在昏睡狀態，三、四點吃一點東西才醒來。這些都可以避免的，像我這樣的飲食方法至少已經十年了，我從來不會有打瞌睡的情形。

要仔細傾聽身體的反應，盡量攝取新鮮營養的好食物，水果、蔬菜及蛋白質都要有，且不要過量進食，自然會養成飲食的好習慣，保持健康又擁有曼妙的身材。這當中當然要有非常嚴格的紀律與自律，才有辦法數十年如一日，輕鬆自如又健康快樂！

當然，這是可以靠「訓練」辦到的。訓練到了一個水準，就是藝術，就是美了。

一心二十七用

# 之九 烹飪

# Cooking

我從小就開始煮東西，上菜市場買菜，不管什麼食材要怎麼處理，這些東西我都非常有興趣。削啊、切啊、煮的、炒的……，我都不嫌煩，因為我非常喜歡做家事，一般人會討厭的油膩、廚餘的味道，我都不會覺得討厭，從小到大就是一直做，還頗樂在其中。

在煮飯當中，我認為有一件很重要的事情——你必須知道每樣食材、香料的特性，然後可以自由發揮。

這裡所講的發揮，並不是指每天都在創造新口味，像餐館那種提出新菜色、新配方，譬如近年來的鳳梨蝦球就是一種成功的新口味，在我小時候並沒有味道那麼強烈的鳳梨蝦球，或是核桃蝦仁，或是夏威夷果蝦仁，那都是一種創新的口味。

但我所提到的發揮，是利用剩菜或冰箱現有的材料，創造出令人驚艷的菜色，算是廢物利用、就地取材的一種創造力，是一種加工或雜燴，就算做大鍋菜，但還是好吃，甚至菜色非常特別。

會煮飯的生活藝術家，應該要具備一種基本能力：不是一天到晚去挑選食材，而是應該不管有什麼材料，都能做出好吃的菜。那些材料擺在那裏，你要有本事去創造。

另外一個能力就是，你應該要能夠搭配，那些材料就在那邊，你要能夠自由控制，把一餐的量縮減或是擴大，做出來的量要有彈性。

意思是說，你的食材就是這些，本來是四個人要吃飯，後來突然增加兩個人，變成六個人要吃飯，你要學會把菜量增加。你就像是魔術師一樣，可以把菜量變多或是變少，人少，四份剛剛好，萬一變成需要六份的時候，你要會用既有的材料搭成不同菜色，你會知道怎樣可以多，怎麼樣可以少，這是其中的一個項目。

還有一件很重要的事情——你要學會把剩菜變成全新的另一道菜。那不是特異功能，而是家庭主婦或家常生活裏的一種小技巧，也是相當有意思的藝術。不會處理的人，菜色就是千篇一律，讓人看了沒胃口，難看又難吃。處理得好，就算是剩菜，也是一上桌就馬上被搶光光。

我們都希望吃新的菜餚，卻又不希望丟掉舊的菜。有許多家庭是不吃隔餐菜，吃不完的菜通通都丟掉，我個人覺得這很浪費。

我是會吃剩菜的人。但是，如果就只是把剩菜這樣吃下去，根本就沒有什麼藝術可言。如果要把剩菜變得藝術化，你得想辦法把舊材料重新煮過，成為一道新的菜色，像是中國傳統菜裏就有重新處理的回鍋肉、大雜燴的經典菜餚，還有一些本來就是要放隔夜才能做出來的菜，例如滷味、泡菜等等。

在我的生活裏面，我創造了很多非常有趣的菜色，那些菜就是採用原本的食材。甚至有些當場即時煮出來的菜，老實說，叫我重煮還煮不出第二次！因為那是當時把所有的剩餘材料搭配起來的，每一次的剩菜不會一樣，煮出來的菜色當然也不會一樣！

這就是藝術。就像同一張照片你沒有辦法再拍一次，是那樣地珍貴、不可多得。

但是，幾乎所有吃過我煮的菜的人，他們的口碑之好，真是讓人難以想像！凡是被我請過客的，或來過我家，吃過我親手做菜的人，都真的很想要、一定要再來一次，想要求我能不能再請一次客，你會看到他們把「有機會你可以再請我一次嗎？」掛在嘴巴上。

那些菜，竟然可以吸引別人到這樣的地步——而且他們知道別的地方吃不到，因為我給他們的印象很深刻，非常非常深刻。

我會去發明菜單、菜色、口味，但是你若要我重新做一次，倒是有點難，幾乎不可能，這就是藝術之所以獨一無二的特質。我就開菜單，我會寫出每一道菜該怎麼做，然後我的職員們照我開的菜單做出來，大家嘆為觀止。

在過年的時候，我就會做十四道年夜菜。我選擇的材料都是很便宜的、極為普通的家常菜，不用很貴的材料，這是我的生活藝術中的一項精髓——以經濟實惠的態度去創造。

我就是用很平常的材料，譬如豆腐皮啦、油豆腐包、豆芽等等，用很簡單的材料，去做出很奇特的菜色，然後我會再把它取一個很響亮的名稱，比如「遍地黃金」之類的名字，用顏色去象徵它的名字，吃過的人跟品嚐過的人，每個都很喜歡。

我覺得，這樣的創造非常有藝術價值。因為它從來不會一樣，我不太煮同一道菜兩次，我的個性是這樣。我不是那種很喜歡吃麻婆豆腐，就一直煮麻婆豆腐，或是愛吃螞蟻上樹，就一直煮螞蟻上樹的人；就算同一道菜，我的材料每次都配的不一樣，就算是一樣的菜，我也會把它煮成不一樣的口味。

這是一種我自己專屬的生活藝術，永遠有創造不完的創意。

對於調味料，平常我在煮菜時最喜歡用的都是基本款，自己調味，自己做醬，不會去用那種現成做好的醬。現在許多餐廳就是四色醬，黑的、紅的、黃的、白的，淋下去，炒一炒，這樣就解決了一道菜。

我煮菜絕對不會這樣，一定是自己去調。因為是自己調的，所以不太可能兩次完全一樣。

我調醬的方式，也不會很死板的就是紅燒魚、蔥燒雞的固定醬料；我會每次弄的醬都不一樣——這次是比較多醋的，下次是比較多醬油的，會一直變化。

這跟我的個性有關。我就是不喜歡同樣的東西，我就是喜歡變化，這是我在烹飪上的一個藝術特質。

很多名廚在抓醬的份量比例會非常準確。但我從來不去記這些比例，我從來不去量，我也不會去記什麼雞要烤幾分鐘、熱度要多少，全都是憑感覺、靠觀察的，且一直不斷地去嘗試。若希望這次是比較熱的，比較Q的，烤箱溫度就開到比較高，都是用看的、用探測的、用聞的、用試的來調整。

至於炒菜，我也是用看的，看變化，看顏色。如果叫我要採用一定的比例，一定要用怎樣的時間，溫度要幾度，我就沒辦法精確地講出來，但我可以說出非常標準的基本程序。

真正會做菜的人，應該要有這樣能夠變化的水準。

但是，換個角度來看，如果我們要給別人用這樣的食譜，這樣的配方，或是在餐館吃飯，因為大家都要求一樣的口味，你就必須將食材、調味品的比例、烹飪的做法寫下來。如果不寫下來，下次煮出來不一樣就很糟糕，客人會問廚師是怎麼回事？

所以，我們在餐館吃的那種菜，是每次都一樣的。如果你吃膩了，只好換間餐館吃，要是餐館師傅炒出來的菜每次都不一樣，其實客人會不太高興。

一盤道地的揚州炒飯，它就是那個鹹度，有那個甜度，這種味道的關鍵就在於那位廚師要很清楚食材處理、下鍋的順序；什麼先做，什麼後做，在什麼時候放什麼材料，要放多少——那是一個套裝的標準程序，菜煮出來就會變成同一個模樣。

但是，我在一般做菜所謂的標準程序跟比例當中，常有很多的細部調整，而且不會影響菜餚色香味的程度。對我來說，那種變化和創作本身才是藝術，所以我每次都會想盡辦法變來變去；除了樂趣無窮之外，也是一種享受。

我在教別人煮菜的時候，不會教他麻婆豆腐就第一步要這樣，第二步要這樣，然後最後一步要這樣，這種教法是一般的食譜才這麼做；我教的是基本應該知道的原則。

譬如說，你在什麼樣的情況下鍋，青菜會變怎樣，冷的油炒起來會怎樣，熱的油又會怎樣；怎麼切會有怎樣的影響，怎樣攪、怎樣炒或用怎樣的鍋，會有什麼樣的效果……我都是教這種基本的東西。基本上不是用背的，而是讓煮菜的人能夠自在地思考。

後來，我也發現在煮飯上有一個比較難教的東西——頭腦不會變的人很難轉過來，只能每次都煮一樣的東西。

我公司裡有一位專門幫我做飯的職員，她煮得不錯，我原本以為她很會煮飯，後來才發現，她只會煮她會的那幾道菜，而且一定要照配方那樣去煮，如果不是按照「標準程序」進行，她就不會煮了。她覺得問題是跟配方有關，叫她要變化，她就變不出來了。

會發生這樣的情況，就是基本上她並沒有完全通透，沒有真正研究過那些食材，當然也沒有真正明白為什麼要那樣煮的箇中道理。

對我來說，這樣的人雖然是有能力煮飯，但她並不是真正的會煮。講清楚一點，就是不算藝術，但她是一個「匠」。要她去煮她會的方式跟她學過的菜，她就能煮得很好；但是你跟她說：「唉呀，今天沒有醬油了！」，或缺了什麼調味料或食材，她就變成不會煮了。雖然她還是可以勉強煮，但有一個很糟糕的事情會發生，那就煮出來的東西會變得不好吃，難以接受；然後她會堅持是因為少了某種材料，才煮不出好味道！

如果不按照食譜做，或是沒有按照自己所會的標準流程來走，很多人就不會煮了，這就一定有問題，表示他做事情的彈性不夠，了解不夠透徹。我就不喜歡去煮固定配方的菜色，可是每一次都會保證好吃。

食物煮出來，能夠保證好吃也是一種藝術，為什麼會吃起來好吃？是因為你對那些食材有一定程度的了解，所以你知道怎麼去用它。那一般人在處理食材的時候，就得看看是不是他腦袋裡背的那套，如果不是，煮出來的東西就不好吃了。

在這當中，很多的處理是憑經驗。這就是要練，這就是藝術中少不了的功力。

除非你對某些食材有進行過特別研究，或這次的菜是有特別的要求，你可能多放個一兩支，但如果你完全不曉得那個食材有什麼作用，隨便抓了一把直接放下去，絕對會很悽慘，像在吃毒藥，很難吃，而且味道不對。

譬如說金針，可以配的菜、料、肉，是有一定的範圍，如果把金針拿去配羊肉，恐怕味道就不合；如果把金針跟冬瓜配在一起，那一道菜一定很慘，因為味道就是不對。

如果你不懂金針的特性，把它丟下去跟麵煮在一起，會把整鍋麵都搞慘了。我馬上可以想像那是什麼味道——若先放金針，就會把整鍋的水變酸，然後再把麵放下去，麵條不僅會糊掉，而且還會帶酸，一定很難吃。

我可以告訴你一個煮金針的方法。你可以在鍋裡放很多的金針，當中再放一些處理過（如川燙過的）又特別選過的肥羊肉，是可以很有特色、很好吃的。這當中的效果，完全要看比你放金針跟肉的比例；比例不同，煮出來的效果就會很不一樣，但很有原創的新意。

麵，除了炒起來以後放黑醋以外，平常不應該是酸的，因為它本身是澱粉。如果是故意做酸味的，你得要很厲害、很敏感，去拌黑醋、酸辣醋、酸辣醬，就會很好吃。除此之外，麵平常是不該放醋的。

但是，金針這種食材當一下鍋之後，整鍋的水會像醋一樣，而且有一種很特別的味道。如果你不希望味道那麼重，要讓金針先泡過水，然後還要把它再洗過。因為一般買來的金針是乾的，有時候味道太重了，一定要先把它濾過，清過。好的金針，是可以拿來做酸菜砂鍋湯的配料的。

金針是味道很重的食材之一，筍干、生蠔、梅干菜等等都是類似的東西，你就要曉得該怎麼處理。譬如要煮梅干扣肉或醃漬的菜，一不小心煮出來的味道就會讓人難以接受，也沒什麼美感；那些食材有不一樣的煮法、不同的特色。

這些步驟，都有它一定的道理，是要憑經驗的，它有一些基本的處理方式。生活藝術家要了解的，就是這些基本的運作原則，然後再去求變化，而不是死記食譜，那就跟學生背公式、背答案沒什麼兩樣。

像麵的處理很有趣。有一位朋友跟我說，他自己煮麵的時候發現麵很難吃，我聽他講兩句，就知道發生什麼問題。如果麵煮太久，整鍋會糊掉，當然很難吃。如果燙成七分熟，就會變好吃，這當中還有很多的細節跟技巧，看你用哪種麵。在那個時候，他應該要用乾麵的煮法，如果煮成湯麵，就完蛋了！

例如用的是意麵，就比較難吃，如果用的是細麵，就會比較好吃；如果同樣的時間你用麵線去煮，那就慘了！就看用的是什麼麵、時間上怎麼配置、怎麼把它撈起來。

之後，可以加上其他一點點佐料，譬如五分到六分熟的麵上放菜舖，或是放冬菜，也可以放一點點的薑絲、蔥花、蒜末或香菜，然後放適量的油與一點點的醬油去拌。就算做法簡單，還是可以很好吃。

我可以感知對方講的內容，即使他只是很簡單地講兩句，便不難看到那鍋麵煮成什麼樣子，然後我就可以改造，告訴你怎樣把它變得風味絕佳，讓看到的人都會忍不住稱讚說：「哇～這什麼麵啊？怎麼這麼特別？」而且很好吃，一直叫我再煮一次。我就是有這種特別的即興品味。

另外，我也可以從你想像的口味裏面，從中抓出讓你覺得很好吃的東西，我很擅長抓到那個感覺。譬如說，有個人喜歡吃辣，或是那個人喜歡吃酸的，我可以聽他的想法，然後我可以弄出讓他很滿意的食物。

我覺得，這也是一門藝術，就是可以創造出讓各種人都滿意的東西。

我可以讓我先生很滿意，因為他很愛吃我煮的飯。我先生曾經擔任過希爾頓飯店的餐飲經理，嘴巴非常挑剔，不過他卻認為我是世界上最偉大的廚師之一，最好吃的菜就是他老婆煮的菜，哈哈！

有一次，他朋友告訴他說，有一家中國餐廳很好吃，要帶他去嚐鮮一下。於是他們就去了，吃了，朋友問他說：「怎麼樣，好吃吧？對不對？」

我先生說：「嗯，還不錯，不過我告訴你，還有一個更好吃的地方。」

「哪裏？」

「我家。」我先生這麼說，讓那個朋友留下很特別的印象。

我先生是奧地利人，他吃的東西其實和中國人的口味非常不一樣，煮中式餐要讓他能夠接受，其實不太容易，但我能夠從他的口味裏面，抓出他能接受且極度喜歡的中餐給他吃。

你可以讓一個無法接受的人改變他的觀感，覺得這是一件美麗的事物，而且很好吃、欣然接受；這種味道拿捏的感覺，我覺得就是藝術。

像我自己是不吃辣的，但是因為我先生很喜歡吃辣，我常常會拌辣味、辣醬麵給他吃，他就很開心；我幫他炒菜，譬如說我要炒羊肉，我會先炒一半，把它拿起來，就是我自己要吃的，後面一半就炒辣的給他吃，皆大歡喜。

我常煮給人家吃。煮給別人吃的時候，每個人的口味都不一樣，要煮到讓對方滿意，我覺得，這就是一個真正的藝術的境界。

當我特別煮給你的時候，我就會特別煮你愛吃的口味，我會調查一下，你比較喜歡怎樣的味道？然後我就有辦法煮出你愛吃的菜。我身邊的朋友，只要吃過我煮的菜都有不錯的口碑，他們知道我家是非常不一樣的餐館。

我先生說，以後咱們家桌上就擺像餐館那種直立式的菜單，以後客人來我們家，就可以直接點菜，「喂～能不能來一客牛小排啊？」牛排、麵、飯、湯都隨便點，菜單上有寫的都可以點，還可以馬上供應。他一邊口沫橫飛地說著，一邊覺得這個主意實在太棒了，很佩服自己怎麼有辦法想出這樣的東西來。

我覺得他很好笑。不過因為他自己也很愛煮，我也很能煮，兩個人都很會煮，只是他比我還更瘋狂一點，因為他開過餐館，所以他常有天馬行空的想法，會想把家裏弄成高級餐館，人家來作客就要服務對方。

我覺得好笑的是，他那種愛煮的態度，好像把自己變成奴隸一樣，人家來就趕快煮給他吃，滑稽到讓人有點哭笑不得。

以前我們比較有空的時候，我先生常常會有朋友來家裡作客，我們也常舉辦Party，常會拼命煮給客人吃，只要吃過的客人，幾乎所有讚美的詞全都出籠了，只要來過一次的都會很想再來。那樣的飯局或Party是非常成功的，因為客人非常滿意。

在家族裏面，我還滿出名的，大家都知道我很會做家事。以前我年紀很小的時候，家裏宴客的菜、過年的年菜，都是我在煮的。我也會試著去煮不同國家的菜，到處學來學去。

但只有一樣我一直學不好，就是印度菜。

我到了印度這個國家，也一直想學煮印度菜，還交了不少的印度朋友，去跟他們學煮一些家常菜。可是學不會的原因，是因為沒有那麼多的經驗，光是辛香料至少就有一百多種基本款。不知道香料怎麼用，經驗不足。

我學過很多基本款，只能煮一、兩道簡單的印度菜，不會出包，就是可以達到好吃的水準，卻達不到我自己的滿意標準。我知道它吃起來怎樣算好吃，但是我還是沒辦法吃出它是怎麼變出來的。

這就是要足夠深入他們的文化背景才辦得到，要煮出他們道地的印度菜色，不是一、兩天的事，而是一、兩年的事。印度人的菜非常複雜，它跟中國菜一樣，也有分北方、南方及各地的菜。如果你會煮他的家常基本款，應該不會這麼難，因為基本款就是那幾種，只是我一直沒有學會。

如果煮法國菜、美國菜、日本菜、中國菜，不管中式、西式或日式的菜，我自己有辦法創造，都可以很好吃，我也有能力開發中西合併的料理，譬如Cheese烤飯、香腸麵塊，這種東西我都有把握弄得很好吃。

至於印度菜，我還沒辦法得到真傳。要讓它辛辣夠味，或是有它的特殊氣味，我在煮的時候火候還出不來。因為有一些菜有特別的作法，就譬如醬爆，或是蔥燒、蔥爆，它有一定的味道讓你覺得好吃。那印度菜就是一定要有那種特別的烹調手法，讓你覺得味道能夠出來。

烹飪上還有一個主要關鍵，是用哪一種材料做哪一道菜，基本上我有學，譬如說燉肉，有哪幾種可以一起用，如果是水煮或是乾燒的，該用什麼材料。很可惜，我在印度的那段時間沒有學會，還是有一些風格學不起來，還是得要長期待在那個地方，要學會品嚐、體會才有辦法。

此外，我有一個弱項——我從小就不吃辣。印度有許多菜是辣的，在品嚐的過程，有些感覺會因為個人喜好的因素，吃不太出來。如果換成是中式或西式的菜色，我品嚐的靈敏度就很不錯。

我會做一些麵、水餃、蛋糕、甜點，像比較基本的我都會，但也有些東西我沒那麼精。譬如說饅頭，這種需要發麵的食物，我就沒有特別學過。但是主要以一個家庭主婦應付一般家常菜，或是不要求太道地的酒席菜，我都可以做出來。

我先生喜歡吃辣，但是他以前不喜歡印度菜。要是找他吃印度菜，他可能會興趣缺缺，所以他也不會煮印度菜，哈哈。現在可能好一點了。

他在印度的那段時間，瘦了十三公斤，很可憐啊！像他那種愛吃肉的人，在印度是吃齋的，很可憐。

在印度我不會覺得難受，我在印度還算吃得不錯，我還是可以吃一些東西。但我老公比較挑嘴，比較沒得吃；因為吞不下去，只好當減肥啦。

我媽則說，這樣很好，她也想跟我先生去印度一起減肥；但我媽的胃口好得很，想要去印度減肥？我看是很難啦！

印度的中國菜其實很難吃的，雖然是中國餐館，煮出來的菜卻是印度的風味，而且幾乎都是素的，像是炸青菜卷、炸青菜丸子，麵糊團裏面還放玉米。他們也有酸辣湯，可是煮的很奇怪，四不像；也不酸，甚至還甜甜的，裡面也有玉米。但我還是吃得下去。

印度也有水餃，那個終於就比較像中餐了，所以我先生後期有一段時間，他就吃兩份水餃，他很喜歡吃水餃。後來他發現有鍋貼之後，就再也沒有水餃的份了，因為他喜歡那種油炸、重口味的東西。如果把水餃放在水裡面煮，像紅油抄手那種，他就會覺得很可惜，至少用煎的，沾辣椒，他就會比較喜歡吃。

他的興趣就是吃炸的，像那種芝麻球，他一次可以幹掉三、五個，吃東西很像小朋友，很大口而且速度很快，堪稱一絕。那種吃法看起來還真是享受，痛快！

一心二十七用

# 之十 健康

# Health

健康是人生最重要的東西。基本上，健康被包括在養生之道裏面，以養生來說，這應該是一種長久的生活方式。想要健康，一定要長久照顧，有兩個很重要的基本條件，就是要吃好、睡飽。

所謂的吃好，並不是指吃什麼山珍海味、極品佳餚。吃好就只是最基本的三餐要正常，要有好的營養比例，要吃新鮮的食物。

有人提倡什麼一天六餐、少量多餐或是其他的進食方式，我覺得那些東西都可以接受，因人而異；重點是每個人的體質不同，你自己要知道需要多少卡路里以及怎樣的營養，常識要有，知識要足。

以我自己來說，長年累月下來我就會知道，如果再多吃什麼會胖。以一天工作量跟活動量的情況下，我可以吃多少，已經不必再算卡路里，非常非常清楚——如果今天吃了甜點，就是要停止一段時間不吃甜食；不能很放縱或是很過份地每天都吃，那一定完蛋。

因為訓練有素，身體不想要的也自然也不會想吃，這就是養身的一個境界。

我一向是很喜歡吃蔬菜水果的，但現在改良的水果含糖量太高，吃多反而容易胖，吃多了也不見得健康。現在的蔬菜，很難吃到有機的，幾乎都有農藥殘留，所以吃這些蔬菜都等於在吃農藥。

我對於這些化學物質很敏感，如果多吃蔬菜，馬上會覺得身體需要排毒，反而比較不舒服，所以我就減少吃過多的青菜，反而覺得身體舒服很多。這些結果的好壞，其實與飲食的平衡很有關係，適量相當重要。

如果需要吃青菜，我都是吃有機的，也儘量以生菜的方式去吃，像生的紅椒、青椒、小黃瓜、綠豆苗都是可以生吃的東西。我也不太加一般的油或醬，因為那些佐料比較容易胖，也常有化學添加物；我會加好的橄欖油或生榨的有機油，搭配品質好的醋，把它拌在一起吃，就好吃又健康。所以我經常吃生菜沙拉，儘量以新鮮、有機的為主。

如果你吃很多不是生機的蔬菜水果，就會吃進很多農藥——農藥用水是洗不掉的！很多人以為泡一泡、外面洗乾淨一點就好，其實農藥會完全滲透在水果跟蔬菜裏面，永遠都洗不乾淨。

最好的方法，就是吃有機蔬果，沒有其他的途徑。寧可它爛一點，醜一點，可是「有機」真的很重要。

我這麼強調要吃有機食物的理由，主要是營養價值比較好，味道也比較好，它的礦物質比一般蔬果多很多，而且沒有農藥。

沒有農藥這件事情真的對健康有很關鍵的影響，因為你吃下去的農藥會全部累積在身體裏，很難排出來。

那些吃很多蔬菜的人，尤其是吃全素的人，其實並不健康；除了營養不夠、蛋白質不夠之外，他們的皮膚也比較皺、容易下垂，贅肉比較多，皺紋比較深，氣色也不好，體力也不夠。

當然，還是有人例外，那就看他怎樣照顧了；但據我觀察，吃全素的至少有**50~60%**的人是營養不足的。

營養不良已經很慘了，又缺乏維他命，再加上農藥和化學藥品，譬如人工糖、反式脂肪植物油、色素、防腐劑、洗潔劑、人工甘味，吃進太多這種東西，身體很快就完蛋了。

當然，就算是吃葷的，也是一樣會有這些東西存在，但一般人不曉得的是吃齋的反而容易吃到更多，尤其是一些素的再製品，你真的都不曉得那是什麼東西做出來的；從一般人以為是安全的食物裡，竟然也有機會吃到很多不該吃的東西，真的很可怕。

吃齋的人常會吃豆腐、齋菜，但主要是豆干、豆腐皮，豆製品所做的素鴨、素雞、素香腸、素腰花還有海參，各式各樣的這些東西。這些食品有時候裏面都會有人工甘味、人工香料、色素、防腐劑之類的，還有反覆炸過、不好的油，這些東西都不健康，而且造成的後果都很恐怖。

如果不是一天到晚吃這些人工素菜的，當然會好一些，要吃素的也可以選擇吃一些更簡單的蔬果，但那就會有營養不夠的問題。如果你是吃外面的素食自助餐、素菜餐館，他們用的油經常都不夠好。

齋菜裏面有一樣東西很可怕，就是人工油，這個東西會產生心臟病。譬如乳瑪琳（margarine），它看起來像奶油，素食者是可以吃的，是蔬菜油、植物油，沒有動物脂肪，可是它是人造的植物脂肪，成份是棕櫚油、椰子油、橄欖油、沙拉油去攪和再添加一些化學成分，打入氫、氮讓它凝固起來，看起來就變成像豬油這種型態，再加上色素讓它看起來色澤漂亮，這是一種。

還有另外一種油，是完全由人工製造出來的，我都不曉得這些成分是從哪裏來的，其實很噁心，把這些東西當成植物油或是人造奶油，非常非常傷身體。

這些有害的東西，常用在不少素食及蛋奶素的食品中，除了再製品之外，也經常添加在蛋糕、麵包、餅乾等等食物裡，尤其是素食者常吃的各種食物之中。

人造奶油傷害身體最嚴重的部位是心臟。它不一定直接對心臟的堵塞，但間接可能會影響到高血壓、心臟病以及血管的種種問題，而且它會影響到身體細胞的結構及養分供應的不足。

所以，常吃人造奶油的人中風機率很高，這些病就是吃太多這種不好的油造成的。

人體非常需要油，可是我們吃的油很多是有害的。我們平常在餐館、素菜館，或是素食的buffet，他們用的油一般都是沙拉油，好一點就是花生油或茶油，但是比較便宜的，甚至可以黑心到用工業油、棕櫚油、用二輪回鍋的食用油，這種油都非常傷身體，我奉勸你最好一生都不要碰，那個東西真的非常不好，長期吃下來簡直跟自殺沒什麼兩樣；你還不如選擇吃動物性的奶油或豬油。

油對人體是如此重要，但很少人去注意油的問題。而且，一般人的觀念很不正確，以為只要是吃油就會胖，所以少吃點油。這種觀念其實是錯的！動物油脂反而比較好，譬如說豬油、牛油、雞油、鴨油都沒有關係，甚至連羊油都很好，可是一般人卻很怕——他們怕胖，所以只要講到動物性油脂，就會讓他們聯想到「胖」。這種觀念不正確。

另外，最近有很多醫學報導都會跟民眾說不要用太多油、不要吃紅肉，會有高血壓、或心血管疾病。其實，這個並不是發病的主要原因——人會胖的最主要原因，是當油碰到澱粉，或油碰到糖，這才是讓人會變胖的主要原因。如果這兩個東西不湊在一起吃的時候，其實不會胖，也不會真的有太大的問題。

像我很喜歡吃那種蒜泥白肉、東坡肉、大塊肥肉，那種都很好，羊肉爐、薑母鴨、烤鴨都非常好，我吃很多。像有一種燒肉，廣東式那種一片，全部都是肥的最棒，吃很多很多的肥肉，沒什麼大問題。

一般人的觀念以為「因為瘦嘛，你吃肥肉不用怕胖。」但是，那樣的觀念也是不對的！其實吃這些東西不會胖，而且吃肥肉反而比較健康，這個東西會讓你的血管很暢通，讓血液的流動非常好，它不會堵塞你，不會有高血壓，不會有一般人都很怕的膽固醇，其實不會有這些問題。你吃夠多、夠好的油，其實是可以防止膽固醇過高的。

一般人的觀念都不夠正確，因為一般的教育都是要低脂、無脂、低糖啊——低糖的飲食習慣是好的，如果本來是低糖或無糖的東西，卻用代糖下去取代，那就更不好；但如果是吃東西是完全的不放糖，這就沒問題。

這個習慣在亞洲就好一點，尤其是台灣，很不愛吃甜，可是像日本人就喜歡很甜，這就不好。在新加坡的食物也比台灣甜一點，廣東人吃的也比台灣甜一點。我覺得，台灣人可能是最不愛吃甜的，因為印度的甜點也是很甜。

甜點最甜的國家就是美國，台灣人的甜度是偏淡的，很多東西都不太甜，甚至還有「不甜等於好吃」的觀念，甜點不甜就是好吃，是非常有趣的現象。

台灣賣的那種無糖或低糖的茶，對外國人來說簡直是沒味道，可是我們台灣人這樣剛剛好，這個東西就可以。

如果是因為低糖或是因為無糖的飲食習慣就沒有問題。但如果是用代糖這個東西，會有糖精（Saccharin），它是化學物品，是致癌物。

現在有一、兩種相當好的代糖出來，沒有卡路里，可是它有糖的甜味，是純天然的，這個東西拿來當代糖很好，只要放一點點就很甜，這個東西就可以用。

大部分的糖對身體不太好。像市面上的白糖、砂糖，反正只要是加工過的糖都不好；冰糖、黃糖、黑糖勉勉強強有些作用。如果是蜂蜜的話，一定要吃生蜂蜜，就是不能煮過的，吃沒有提煉過的生蜂蜜，它的花粉全都還存在。

這種蜂蜜市面上非常非常少，幾乎是沒有見過的，就算有得買，價格也特別貴。現在有一套提倡生食的，非常推崇生蜂蜜、生奶油啊、生豆，有些豆類生吃會很好。

所謂飲食、健康、養生，這種領域牽涉到所謂的生活藝術，在於真正地了解自己的體質，了解生活上的變化，跟身體做為一個很好的朋友，可以跟身體好好地溝通，完完全全了解到身體是在怎樣的狀態，怎樣跟環境互動，成為一種空間的藝術。

你吃什麼下去，會有怎麼樣地反應，怎樣地讓自己更舒服，怎樣地讓自己更有精神，容光煥發，皮膚更漂亮。

另外一個健康的秘訣就是維他命。這是一個非常重要的東西，很多人把維他命當成是藥，這種觀念其實不正確，藥是會傷人的，維他命就是食品，吃維他命就跟吃飯是一樣的。

維他命不一定是照三餐補充，跟每個人吃飯不一樣多的道理一樣，每個人需要的劑量也不同，因為身體狀況不一樣，消耗速度不一樣。

感冒的時候就需要比較多的C，眼睛乾澀、皮膚乾燥時就需要比較多的A；有時就需要特別分開來吃的維他命，比如B2或B12等等。重點是，你必須要訓練到自己完全了解，什麼狀況該補充什麼維他命。

現在我吃維他命的功力，已經厲害到一看到維他命，我就知道目前狀況應該吃幾粒剛好。那種能力平常就要訓練，至於該怎麼訓練，長年有在吃維他命到了一個程度之後，你就會知道有吃跟沒吃的差別在哪裏，吃多、吃少的差別在哪裏，尤其是當自己每天要處理這麼多事情，身體的差異狀況非常明顯。

然而，市面上不是所有的維他命都有相同品質，要選天然的、品牌可靠的。像我在用的天然維他命，一般都是偏向水溶性的。如果你吃得劑量偏多了，身體不需要時自然會排掉，如果需要的就會吸收掉。

譬如鈣鎂、維他命C，如果你吃太多不會怎樣，就是拉肚子而已。遇到那種拉肚子的情況不用太緊張，其實拉肚子就是排毒整腸，但是這個訊息會告訴你吃的劑量太多、超過負荷或身體目前不需要，身體會自動排掉，只要減量就好，不會有任何危險性。

有些人會認為，吃維他命吃到拉肚子一定不好，然後趕快禁掉，別再吃了。這個觀念不太正確，其實拉肚子沒什麼大不了，還是要繼續吃，然後減量，慢慢劑量可以增加起來，因為腸胃跟肌肉一樣都是可以訓練的。

基本上，吃維他命的劑量，要視每個人腸胃的吸收能力以及習慣，還得訓練一段時間。重要的是，你要能找到一個適合自己的劑量，而且感覺舒適，可以配合自己的生活模式，就跟每個人飲食方式不同是一樣的道理。但不管怎麼說，維他命畢竟仍是輔助品；要維持健康，還是得靠規律的飲食及生活。

關於健康，除了「吃好」之外，還有一個非常關鍵的要素——就是「睡飽」。

關於「睡飽」的重要性，一般醫學上所理解的已經告訴我們很多，例如增加免疫系統的恢復能力，女人最在意的美容覺，也還有身體修復、防止身體機能老化等等的作用。

對於像我這種很注重美跟養生的人來說，睡眠時在是太重要了。只要睡夠了，人看起來就漂亮，睡不夠就不夠美，看起來就是很憔悴，而且身體會提早老化，不僅影響頭髮的髮質，肌肉也會鬆弛無力；由於身體的養分嚴重消耗，生病的時間也會拖很長，好得很慢，平常也更容易感冒……這些大大小小的毛病，都跟睡不好有密切關係。

不管是在工作或生活當中，只要你睡好，就能保持高昂的情緒去應付打仗，人生才會有夢想，你也會對身邊所有的事情有強烈興趣。這是一種非常神奇的力量，但一般人卻常常忽視了。

一個睡眠品質不好與一個能睡好的人，生活品質有著天壞之別。你可以不去跟別人比較，先跟自己比較就行——回想一個當你長期睡好的時間，你自己平常的表現如何？當你長期睡不好的那段期間，表現又如何？這樣一去比較，就更容易明白「睡好」這件事情，到底有多麼重要。

以健康的角度來說，睡好就是一種保障。沒睡好的人本來就很容易生病，再加上歲月催人老，如果你長期睡眠不足，長年累月累積下來，對於健康會產生倍數的扣分，後面你必須要彌補回來的努力，幾乎是要以「複利」來計算的；因為年紀越大，身體越容易出問題，恢復健康的情況跟年輕時不能相提並論，身體修復回來的機會就越低。

關於「睡好」的神奇力量，我個人認為最值得經營及討論的部分，是心情、心境的領域。當一個人能夠睡得夠好，他會更願意說話、更能夠保持笑容，光是這一點就值回票價了。

睡好的人，有了精神、有了體力，除了保持頭腦清醒，可以隨時玲機應變之外，也會有更多的機會去創造好主意；而且會有衝勁，能有足夠的耐力去接受挑戰，就算要你去做一件以前未曾做過的事，你也會覺得有趣。這將會為他的人生帶來不一樣的變化。

更有價值的地方是，睡好的人承壓力更大，能夠接受打擊、被罵或是挫折，抗壓力比沒睡好的人提高了N倍——你可知道這樣有多神奇？

要是沒認真去計算，老實說，一般人根本不知道當中的差異有多少，甚至未曾想過光是「睡飽」這件事，讓你人生累積的資本造就出多少的成就與藝術。這是不容忽視的偉大效益，絕對不該等閒視之——你忽視它，人生將會如何全盤盡墨，死得不明不白、莫名其妙，是嗎？

一個睡好的人，如果他上了法庭，什麼話該講、什麼話不該講，他的腦袋都會清楚，結果就會不一樣。

一個睡好的業務，他可以察言觀色，不遺漏任何一個該注意的細節，所以他的業績會完全不同。

反之，我們看看那些去面試卻沒睡飽的人，通常被錄取的機會都不是很高。不管是去上工，或是在戰場上打仗，沒睡飽的人一定容易出意外——本來可以不必死的，卻因為沒睡夠、打瞌睡，不小心陪掉了一條命！「沒睡好」究竟多麼嚴重地影響了一個人的生存及前途？你真的應該好好去思考一下！

基本上來說，你若睡好，就比較不會跟你媽頂嘴，或跟你的另一半吵架，也不會跟老闆嘔氣，或跟朋友打壞交情；

就算上街去買東西也會比較快樂，吃飯也比較香，你會比較有興趣開玩笑，別人說笑話你也比較能反應，當然人看起來就可愛，神采飛揚。

然而，你本來就該這樣，不必靠藥物提神，不必靠神奇的魔法，不必吃什麼養肝配方，或喝什麼能量飲料；只要「睡飽」，你就會精力無限，可以有雄厚的資本，體力、精神都用不完，只要睡好、睡飽，就可以徹底改變一個人的生活品質。

藝術要講求質感以及亮度、細緻度。對一個人來說，你的質感、亮度、氣息，與你是否睡得好絕對是息息相關的。

你說，到底睡好有多重要？睡不好的代價，可是賠也賠不完的喔！

健康比財富更重要。沒了健康，人生是黑白的；為了擁有彩色的人生，一定要對這個課題多下點功夫。健康影響一個人的思維、情緒、夢想及命運，不能不理它、不在意它；你愈不理它，它就愈會出問題。

為了成功的事業、美好的愛情、實踐夢想、精彩生活，要獲得這一切的基本條件就是健康。所以，健康是生活藝術中不可或缺的因素，就是藝術中的「質」——材料、素質要好，才有好的音樂、好的圖畫、好的作品。

健康是一個基本功，一個浩大的工程。如果沒了健康，人生的藝術也就黯淡無光，失去它的色彩及美感，就算再多的創意也都會枯萎凋零。我認為生活中最值得重視的生活品質就是健康——這是屬於高尚品質的人生中不可或缺的要素。身體的健康、精神的健康、生活的健康，這些都包括在內。

一心二十七用

# 之十一 減肥

## Lose Weight

減肥對我來說，我不敢說是專家，但是我對減肥非常有經驗，既有興趣也很有研究，我相信自己是個非常棒的減肥顧問。

我從事減肥這件事，保守估計來看，已經超過了三十五年吧！從年輕開始減肥到現在還沒停過。這是超過三十五年以上的革命，就算沒有功勞也有苦勞；就算沒有心得也有一些經驗。

在減肥上，我試過所有知道的方法，甚至有很多很噁心的方法，例如很變態的電療，還有那種拿巧克力會觸電的，讓你的視覺神經有一種反應，變成以後你看到巧克力會怕，會不敢拿。這種方式就像在訓練狗，真的是非常噁心，這也是精神科醫師的產物。

還有減肥藥，吃下去會讓你得憂鬱症的，所以減肥藥千萬不能亂吃，裏面都會有這種成份存在。

減肥最可怕的事情，就是減掉了健康，甚至還得到憂鬱症或厭食症，那真是得不償失了。然而減肥最慘的事情，就是會胖回來，一旦胖回來，就會傷心臟，再減肥又復胖更傷心臟，簡直是勞民傷財；所以，低脂食物不能吃的原因就是在這裏。低脂的食物很傷身體，首當其衝的地方就是心臟，減肥是不應該這樣搞的。

我減了很多肥，減了以後又胖回來，又減，減了又胖回來，這樣搞了很多次，現在非常穩定了，差不多有二十年沒有這樣子起起伏伏了。在這三十五年的減肥時間裏面，頭十五年的身材、體重是像波浪一樣起伏的。

為了健康著想，你應該要把減肥視為一種長期抗戰，那種短時間快速減肥的方法，都會傷害身體。根據我研究的結果，減肥還是要靠長期自律的生活來改變體質，才是最符合生存的辦法。

有些人為了減肥，平常的飲食都是喝低脂牛奶、低脂洋芋片、專買低脂的食物，這種行為都是在傷害自己。以牛奶來說，正常的鮮奶是全脂的，然後按比例有中脂、低脂、無脂，這些其實非常非常不好，一定要喝全脂，你要喝就喝天然的全脂牛奶。

一般人會希望少油多健康，其實並不完全是正確觀念。如果是不好的油，當然是少用——沒有更好；但人體的健康，還是需要好油來維持。

在各種減肥方式裏，不外乎是吃低脂食品、故意餓肚子、吃代餐、吃藥這些方式；然而吃低脂或是低糖食品都不好，因為低糖一定是用代糖，非常傷害人體的健康，而且很容易造成厭食症、憂鬱症、精神萎靡。這些都是造成身體不健康的元兇。

其實，健康的減肥不必這麼麻煩，就是少量、營養足夠、正常吃、運動就好，沒有別的方式了！我也不主張採用劇烈運動的方式去減肥，如果你想要運動，最好的方式就是多走路，過度地運動只會讓心臟的負荷過重，讓你更想吃、沒精神；如果不夠節制，破功會吃更多，反而更糟糕，也不是自然的方法。

不管做什麼事情都要平衡，如果一下多、一下少，瘦了就不動、胖了才運動，這樣就是不正常，一定會起起伏伏，非常不好。

以正常的情況來說，應該是從年輕到老都一樣——你可以先想像一下，當你老的時候還可以做什麼，你現在就可以持續地去做這件事，否則一定會退化得很快。

你老了還能踢足球嗎？還能打橄欖球嗎？恐怕不行。但你還是可以游泳，可以走路，這就OK。如果你選了一個當你老了沒辦法做的運動，最後就只好放棄，那就不好了嘛！

基本上，最健康的減肥方式其實很簡單，就是不要吃不該吃的，不要多吃。

我減肥了三十五年，最後的心得就只有一個：「吃就胖，不吃就瘦」，沒別的了，減肥沒那麼大的秘密。不管吃什麼代餐，或是做什麼減肥操，其實都不是最有效的方法。

減肥不能依賴一些工具或方法，減肥其實是一種長期抗戰的生活型態。市面上有很多短期的減肥方式，可以暫時讓你得到效果，但這些方法不可能長期使用，這樣不正常，也違反自然型態。如果把生活型態改變成養生的方式，正常去執行所有的計畫，不應該會胖。

至於什麼是不應該吃的？

第一，就是吃太多。飽了還繼續吃，飲食沒有節制。

第二，垃圾食物，沒有營養成分的東西。

第三，有糖的飲料，喝多了一定會胖，多喝無益。

第四，是吃很多的零食，想不胖都很難。

第五，宵夜。想減肥的人，吃宵夜就完了。

這些都是不應該做的事，如果沒有這些習慣，其實應該不會胖。所以，平常沒事幹嘛造孽？硬把不該吃的吃下去，吃了再來減肥，真是非常無聊！這就是傷害身體又傷害胃腸，又破壞身材，增加的脂肪又很難消掉，很多的問題就會產生。

所以，我減肥到最後的心得就是：不要吃不該吃的東西就沒事了。我現在儘量吃健康的食物，用有機的食材，正常時間吃飯，也不要讓自己餓到，就不會胖了。

作息不正常也會影響到減肥效果，睡眠不足，很難瘦下來。個人的體質跟精神狀態，會因為作息不正常而降低免疫力、抗壓力，荷爾蒙與內分泌也都會失調，這會造成你不能修護自己的疲勞，還會影響身體的正常運作，譬如月經、生殖能力、腦力、眼睛及五臟六腑，因為身體運作不正常，沒辦法達到完全修復，所以就惡性循環。

不同體質的人，熬夜會有不一樣的情況。有一種人，因為沒有辦法正常作息，熬夜會瘦；另外一種人則是熬夜會變胖。有的人熬夜會繼續吃東西，不過他還是會瘦；也有人熬夜不吃一樣會胖；還有一種人是因為沒有睡飽，就瘦不下去，大部份的人有這種傾向，尤其是女孩子。像我自己的體質，就是睡不夠會變胖的這種。

有的人熬夜會瘦，體質是屬於消耗的類型，因為沒睡覺，沒有吃或是抽菸，變成惡性的減肥方式。這種減肥方式，大部份只要恢復正常吃或正常睡眠，馬上就會胖回來。那種瘦法並不算是真正的瘦，而且會沒辦法真正的減重。

作息不正常，特別是在壓力大的情況下，常會吃一些不正常的食物，譬如熬夜時吃泡麵、垃圾食物、餅乾、蛋糕或是洋芋片這種東西，是非常不好的習慣，而且會變成惡性循環；會拼命想吃、不停地吃，像上了癮地瘋狂亂吃。很多熬夜的人平常沒有正常吃飯，他很餓，然後一吃就拼命吃到過飽，這些都是對健康和身體最大的傷害。

減肥其實沒什麼秘訣，就是正常吃、正常睡、不要吃垃圾東西，不要吃過飽、不要吃零食，多運動、多做事就解決了，非常非常簡單。

但是人生繞了一大圈，很多時候像是約會、聚餐、吃到飽，美食當前難以抗拒，不多吃一點似乎太浪費，餐桌前坐太久就一直吃、拼命吃，吃了之後當然就胖了起來，然後你還要拼命減肥再瘦回去。

當胖胖瘦瘦幾次之後，會變得愈來愈難瘦下來，身體會產生一種機制——例如一吃到澱粉類食物就胖起來，因為你刻意把澱粉食物禁掉，禁久了之後，會有物極必反的效果，只要一吃澱粉，身體就像吹氣球一樣，你又得要花很久很久的時間才能減下來，一直得故意讓身體挨餓。

你一直以為過去吃一大堆，現在只是吃一點點，怎麼會這麼難瘦？復胖為什麼這麼快？這是個迷思。其實，身體本來就需要澱粉與碳水化合物，久久不吃澱粉以後，當然會餓的像一隻老虎，一發不可收拾，一吃澱粉馬上又變胖。

所以，你必須要了解身體的運作機制，每周有一天可以吃碳水化合物，或是每天可以吃一點點，不要吃太多，但還是要吃一點，身體才能平衡。

常常吃澱粉的人會有一個問題，就是愈吃愈愛吃，因為他的身體會有一種奇怪的飢渴，必須要靠澱粉供應，那是血糖不正常忽高忽低的問題。

當血糖低時，你會以為自己餓了，其實並不是身體真的需要，卻又一直想吃，吃的時候偏偏又選澱粉類食物，就會愈吃愈胖；因為你不餓，可是你的血糖不夠了，所以一直有想要吃的欲望。

最保險的方法，我個人覺得最好的，還是吃蛋白質。

但是，很多人反對吃那麼多的蛋白質，或根本不喜歡吃蛋白質的食物，其實是因為不了解蛋白質對於人體的作用及好處。並不是三餐所有的食物完全都吃蛋白質，但我個人是比較贊成走以補充蛋白質減肥的路線。

人體運作需要大量的胺基酸。當胺基酸不足、澱粉過多的時候，不能真正的維持生命。吃澱粉不能維持生命太久，但胺基酸可以，就這麼很簡單的道理。

我贊成每餐至少50%的肉量，甚至更多達70%。挑肉是有密訣的，以有機肉為主，要選擇土雞、放山雞，吃餿水的豬肉，牛肉則是儘量挑澳洲、日本的穀物牛，或是美國、法國的有機牛。以法國的牛來說，在養殖過程中比較少用抗生素，他們的Cheese、牛奶、奶製品都比較健康。

不過，這種補充蛋白質的方式，是因應「減肥」時的特殊情況，不是正常或長久的飲食方法。

其實，天然的奶製品食物對人體是很有幫助的。但因為現在很多的再製過程，經過高溫消毒、添加化學物，或是再把它搞成低脂，到最後的營養成份全部變了，沒有牛奶原來的營養，只剩下荷爾蒙、消毒劑、防腐劑、抗生素這些東西。

當你喝下去的時候，不是因為牛奶不好，而是因為你喝下去一大堆的添加藥物。你沒有獲得牛奶的營養，反而吸收了牛隻身上所有注射的藥物以及再製的添加物，所以這是喝市面一般牛奶不好的主要原因。

如果不是這樣的話，其實喝生奶是非常非常健康的，因為生奶有非常多的酵母、酵素、有機礦物質以及人體需要的氨基酸。那種有機飼養的牛、豬、雞，有些台灣的鄉下地方還找得到，美國、歐洲也還有，歐洲的食物普遍來說比美國好一點，但地球環境一直在受到污染當中。如果我們夠幸運的話，大概這五十年內還有不受汙染的東西吃。

再來，與海鮮有關的食物也快要完蛋了，因為已經沒有乾淨的海域。海鮮本來不錯，可是一直受到污染，現在大多數都是依賴養殖，出海撈的漁獲沒那麼多，也撈不到了。

現在的氣候變化非常劇烈，該來的不來，不該來的來了也不對，造成許多生物的排卵、生殖與生物鏈系統都出問題，所以海洋的環境已經愈來愈不行了。

我們看到的海鮮和吃到的海產，以我的直覺，70~75%已經不行了，已經沒有原本海洋真正的營養，也不夠衛生。有很多人提倡養殖的海產沒有像野生的那麼多細菌，但只要是養的，就會有抗生素的問題，甚至有報導更過份的，就是一年只能吃十五片生魚片，如果超過就會對身體不好，那簡直是少得可憐。

不過，也不需要過度擔心害怕——反正你就吃，絕對不會死，只要正常飲食不過量、運動、睡飽及補充維他命，這樣就符合養生之道。

以減肥的飲食上來說，吃生食是一種解決方法。我吃生雞蛋、生牛奶，偶爾吃生牛肉、生蝦，吃一些生魚片，儘量找品質好的食物來吃，對減肥很有幫助。如果你吃的東西比較沒有化學成分，挑那些比較天然、有機的，就比較不容易胖。

另外，我個人非常主張飲食要配合維他命，尤其在減肥的時候，你一定要吃維他命，否則沒辦法維持需要的養份。

你需要的養份會因為減肥而流失。譬如說，你原本需要一千五百大卡，因為減肥所以你把熱量減低成五百或七百大卡，減少了八百到一千大卡。你消耗掉卡路里是對的，但沒有的養份卻會讓身體完蛋，身體的維他命C、礦物質、E、D、A這些都不夠，那怎麼辦呢？只能靠維他命去補充。

要吃維他命，當然也要選好的維他命，這個基本條件要有，才有辦法減肥。我個人認為在減肥過程中，非常需要維他命做為補充及輔助。

另外一個減肥的重點是不能太累，不能有太多壓力，然後要睡好，絕對不能讓自己餓過頭。餓的時候常會睡不好，減肥最可怕的事就是很多人故意用餓肚子的方法去減重。餓是不正常的，不健康的，千萬別餓肚子；這樣除了對身體、精神很不好之外，還會產生一些很不好的負面能量，累積在體內很難排出去。

當人很餓的時候，其實是處於緊繃狀態，不會睡很久。像我在進行極度減肥甚至斷食的時候，只能睡兩～四小時，這很可憐，精神狀態就會有問題。所以，為什麼有人減肥減到得憂鬱症，或是吃精神科藥，就是這種狀況。既然要健康的減肥，一定要正常吃，正常睡。

我個人認為比較實用的減肥模式，就是平常都正常吃，但晚飯不要吃澱粉，或是晚上過六點就不吃東西了。

我個人研究了這個方法很久，效果非常好，每天一樣吃三餐，但最後一餐要在六點以前吃完，過了六點以後就不要再吃。正常吃三餐一定餓不到，晚餐早點結束，大概十點、十一點睡覺，隔天早上起來再吃。趁著沒感到飢餓之前就去睡覺，這樣就餓不到啦！

再嚴格一點，就是只吃兩餐半的份量，不要吃完整整三餐。第三餐的晚飯是半餐，意思就是吃一點，不餓了，就別再吃了。晚餐千萬不要大吃大喝或吃到撐，這樣的減肥效果就會很好。適度、溫和、長期，就會達到效果。

以長期的減肥來說，生活上心情要愉快，精神上要有寄託，要努力工作，不要過度勞累，但也不要讓自己不忙。不忙的話，比較容易會有想吃的欲望，比較容易有注意力在其他的事情上，但也不要過忙到壓力過大，就會想吃一些不該吃的。沒吃也瘦不下去，因為太緊張、過度緊繃了。

所以，生活中要有非常大的毅力去控制、去調適自己，自己要能夠節制，不要隨便吃這個又吃那個。減肥的重點，最後關鍵決定於你的毅力跟持續力。

至於增肥，就是多吃就好，如果胖不起來就算了，因為年紀大了多多少少會變胖，若真的不會胖也是件好事，瘦一點看起來比較有精神。所以，不必特別想要去增肥。

其實，我個人是完全反對增肥的，因為增肥並沒有必要，一般就正常吃、不餓到，睡好覺、補充足夠的維他命，健康就可以了。

有的人為了長肌肉，故意去拉、去灌，我都不贊成。如果你正常照三餐吃卻胖不起來，通常也不會醜到多難看；等過了四十歲就會胖，只要沒生病，身體健康就好。有的人很瘦，是因為他一天吃的東西只有平常人一餐的量，瘦到簡直跟鬼沒啥兩樣，眼睛都快突出來，像非洲難民一樣，這種就是不正常。

除非生病，不然我認為增肥是沒有什麼道理的。如果瘦到皮包骨當然是不正常，但也不需要增肥，正常吃就會好。如果瘦是因為他偏食，或是都吃垃圾食物，這就很糟糕。只要他「正常」吃三餐、睡覺，也不需要吃宵夜，胃口夠好的時候就讓他吃，不想吃的時候也不需要強迫他。

最主要的關鍵是不要偏食，不要跳過正餐不吃飯，不要只吃垃圾食物、吃泡麵，變得很瘦，這種我就反對。身體不健康，遲早會出問題。

如果是天生比較瘦長的身材——沒有關係，不必擔心。身體正常、精神很好就好了；三餐有吃、營養均衡、不會覺得餓，這樣就可以了，等到四、五十歲的時候自然會胖。

增肥對現代人來說，有點像脫褲子放屁；儘量能瘦是福，對心臟負擔較少，人比較有精神，也比較輕鬆，沒有必要去增肥。

現代人普遍營養過剩，反倒比較需要減肥。只要正常的生活，規律的飲食且營養均衡，就是現代減肥者應該追求的王道。讓身體自自然然地瘦下來，也就沒什麼特別好去強調減肥這件事了。

減肥，其實也是一門藝術。

如何正常第、順利地、不必吃苦、不必大費周章、痛苦萬分地去執行，而是完全了解地、優雅地、正確地去改善生活中的不正常之處，成功的達到減肥目標，這正是生活藝術中的一部分。

讓自己美，健康愉快，是生活藝術家的目標。

一心二十七用

# 之十二 保養

# Maintain

保養的層面很多元。若要論及膚質，嬰兒才有本錢可以說是「天生麗質」，小孩子也可以算是。如果從醫學或者是生理來看，皮膚的好壞是荷爾蒙呈現的一種狀態及健康的表現，大概到了十三、四歲就到了極限。換句話說，十三、四歲以後就沒有「天生麗質」這回事，完全要靠後天的保養。

雖然年輕確實是本錢，但你可以稍微注意一下，你會發現年輕人的皮膚並不一定很好。我曾見過很多年輕人的皮膚非常糟糕，年紀輕輕就顯得粗糙、暗沉、不光滑；可見就算再有本錢，不懂保養也一定會出問題。

如果到了二十幾歲，人家還說你看起來天生麗質，其實應該是這麼解釋：你的生活裏面有很多事情是做對的，走在正途上的；比如，生活作息、飲食習慣、情緒等等。

為什麼同樣是年輕人，偏偏有人的皮膚很難看？因為他做了很多錯的事情，像是隨便在太陽下曝曬、抽菸、喝酒、吃垃圾食物、熬夜等等不健康的生活方式，這些都會影響皮膚品質。你應該常常聽人說過要睡「美容覺」，其實並不誇張，一定要有好的睡眠品質，皮膚才有可能會好。

現在科技很發達，像是做臉、保養皮膚的方式跟技術，都比以前進步很多。可是，不管科技再怎麼進步，也還是要有心保養、重視保養觀念的人才會持續保養，維持美麗，在生活中真正地展現出美麗的氣息。

所謂的「養」，就好比畫畫的人要養筆，也有人會養樹、養盆栽、養茶壺等等，意思就是必須花時間去栽培。

可以想像一下，如果你要把蘭花種得很漂亮，你要去噴水，要去買肥料，甚至還要請人特別去蓋一間溫室，這些事情都是為了要「養」。技巧也是要靠「養」才能成長，譬如雕石刻，必須要先不斷地琢、要磨、要敲；賣麻糬的想讓麻糬好吃，就得要不斷地槌，那些東西都是工夫。

皮膚也一樣，是用「養」出來的。女人的美麗，一樣也是要花時間、精神，不斷地去「養」。那麼，該不該去重視這些事情？

有人說，保養皮膚太花錢又浪費時間，那就是覺得「讓自己變美麗」這件事情太貴，不願意花錢、花功夫去保養。於是，就任由自己變醜了，人老珠黃了；老公看到妳這一付黃臉婆的德性，就跟別的女人跑了，妳又能怪誰呢？就算不為老公，那妳看著鏡子裡的自己，舒服嗎？喜歡嗎？這也是一種生活品質。

皮膚保養也是一門功夫。為什麼模特兒或美女會有價值？你所看到的美感，都要花時間跟精神去養。漂亮名模從修長的腿、手的弧度、肌肉線條、吹彈可破的肌膚，無一不是養出來的。再看日本的藝妓，她們的走路姿勢、身材、氣質、肌膚以及技藝，幾乎都是要長期培養的，只要花時間去養，就會變成藝術。

可是，有些人卻完全不在乎這種事，保證你一見到就退避三舍——皮膚那麼粗，頭髮又分岔，衣服皺巴巴的，讓別人有毛骨悚然的感覺。

這並沒有女人、男人的分別。若要提「美容」，就是要為「美」而「容」，你要把最漂亮的一面做出來。

我就是這樣重視美容、美髮或美膚這種基本品質的保養。真正的美並不是指你長得有多漂亮，從藝術的角度來看，是你把自己身體天生的型態，靠著後天不斷保養與修練，把最漂亮的一面修飾出來，讓最佳質感完全地呈現；當那個美感呈現的時候，就有藝術的價值。

從另一個角度來看，我認為去培養、照顧、保養的過程本身，也就是一門藝術。因為每個人不一樣，要找到適合自己的體質，適合自己的風格，培養到很旺盛，就像蘭花栽種，藍色的就藍色，紫色就紫色，白色就白色，看到那種盛開的美就不禁令人讚嘆。至於平常都沒在照顧的人，質感不佳也就不會讓人覺得奇怪了，如果沒有照顧到每個細節，當然也就構不上是藝術了。

所謂的生活藝術，就要涉及每天不斷的培養，日久累積出來的功力，本身就會形成一種氣質。對女人來說，氣質要靠長期養成，這正是生活藝術家必須去觀察到所有事物的細節與細緻。一件事之所以成為藝術，一定是經過刻意照顧，不斷地努力練習，所有的動作都是有意識地去處理一樣事情，而且要讓它變得更好。

我覺得生活就是一種藝術的結晶，是意象式的溝通，你必須要有這樣的氣質，才能去表現出這樣的舒適自在。為什麼有些產品是藝術，有些卻不是？因為要做出那樣的東西必須要練！為什麼你看到那些好的陶瓷精品就這麼貴？因為那是功力讓陶瓷有美感，有那個功力才做得出那種質感。一看到那個盤子就會很感動，你想對它笑，因為你覺得它在對你笑，會很想很想擁有它，那種感覺就是舒服。如果一個盤子、一個碗都會讓你覺得它在對你笑，那不是藝術，是什麼？

連沒有生命的物體，都可以達到這樣的意像溝通，更何況是人呢？如果一個人的外表經過精心照顧，包括髮質、皮膚、衣著都讓人嘆為觀止，那就是一種藝術。一個女孩子皮膚不好看，就沒那個質感；妳沒那個質感，就是妳沒那個功力，沒有花心思去練過，想要漂亮是不可能的。

沒有人不保養還能被說是「天生麗質」的，所謂的天生麗質只能用在嬰兒身上；如果有人講說：「你很漂亮，天生麗質！」我覺得那種話是一種侮辱，因為說這句話的人根本沒看到漂亮背後所隱藏的努力與付出。

一心二十七用

# 之十三 化粧

## Make-up

談到這些項目，似乎比較偏向是女人的話題。然而只要是人，都適用。

以美容方面來說，也不是一定要怎樣的標準才算是「美」，那種「美」，可以靠後天的化妝修補技巧來達成。若是從藝術的角度上來看，這裡所談的「美」基本上是一個「材料」（人）本身夠不夠優質。

以一個女人的「質」來說，就是膚質、髮質、氣質等等項目。「質」這種的東西要弄好，需要長期耕耘；就像種樹、栽花、養蘭一樣，都要有質感，有層次。

裱一張畫之前，一定要先把那張畫弄得很乾淨，把下面的架子、框子先清乾淨，不是只有挑裱框的顏色，或只注重這裱框有多名貴，這都是表面的。真正的「質」，是要看裏面有多乾淨，或是接著劑黏貼的精密度；裱畫時該怎麼拉、怎麼刮才會平。

如果你要雕刻，一塊玉、一顆石頭或是一塊木材，它的基本質感就是我們所講的「質」。如果那些質不好，出來的成品就會不好；就好比說，你用不同的材質做衣服，就算剪裁的功夫非常厲害，或是設計款式很新穎，只要採用的「質」不對時，最後成品的品質就會差很多。

所以，不管是在髮型設計、化粧或是美容上，最基本的「質」一定要很好。「質」本身的優異，才能襯托出手藝或是設計的美感。

至於藝術本身就是一種功力、工法，創造出精緻的作品。好比說，畫素描的人一定會練畫直線；國畫高手一筆下去就很值錢，值錢的地方就在於功力，就算簡單的一條線，也能看出氣勢非凡。至於平常人畫的素描，那一筆要彎不彎、要點不點的，就是他的功力不夠。

為什麼我非常重視皮膚的保養？因為我覺得女人就算長相再美，有多麼好的化粧技巧，但是皮膚很糟糕，近看、遠看發現質感不一樣，美感就會大打折扣。

有時候，你仔細觀察一個女人，遠遠看覺得還不錯，可是走近一看，你會發現她的每一個毛細孔幾乎都快不能呼吸了，好像被堵住似的，毛細孔全部是張大的，就好像沙漠裏面死掉的仙人掌——乾癟、粗糙又皺裂；那種感覺，就像是一張沒有辦法呼吸的臉。

有時候，你可以看到一個人的臉像是塑膠，像那種燒燙傷之後做過整型手術，經過割、拉、注射；有的是人工植皮，在笑的時候那片皮是硬的，不太能動的；有的人是做雷射做壞了，或是打肉毒桿菌之後硬掉，表情變得很僵硬。

另外一種是皮膚坑坑洞洞的，或者膚色不均勻，程度嚴重到讓看的人覺得很難受。尤其一般人不是歌星或電影明星，通常不會在臉上把粉抹的像塗牆一樣，把瑕疵遮起來讓觀眾看不見，反正舞台或攝影機距離很遠，也還可以修片，人家也不一定看得到你皮膚到底好不好。

但是，我們講的是生活藝術，一定會近距離看到每一個人。吃飯、買菜、上街、看電影、喝茶、Party，人與人都是近距離接觸的，很多瑕疵其實都看得很清楚，只要你的飲食不正常、生活作息不好、熬夜或是情緒不良、不注重養生，「質」就不會好到哪兒去。如果女孩子的「質」不佳，就會讓人覺得妳不注重自己的皮膚、不重視自己的生活，從藝術的角度上來看，價值就扣分了。

很多藝術的價值，在於基本的品質必須要夠好。就好比我們看一塊絲質的料子，它的編織密度、色澤濃度如何都很重要，不是說你覺得剪裁功夫好就好，或是衣服搭配好就好。我非常非常重視這個基本的「質」，所以我花很多很多的心力保養頭髮；花很多的時間照顧皮膚，數十年如一日的耕耘。

我們以保養頭髮為例。你一定要讓它再生，常修剪它，不要讓它禿掉。你要檢查有沒有光澤、有沒有長好、髮色夠不夠濃，會不會粗糙、分叉、變白……這裡所講的一切動作，就是在照顧「質」，你要一直觀察它、照顧它。一般人可能不太重視，可是如果你很在意的時候，馬上就可以分辨髮質好壞的差異。

譬如在電梯裏，你有機會近距離去觀察旁邊的人的頭髮。你會發現有些人的頭髮分叉、乾裂，簡直像是棕刷或是掃把，而且是刷牆壁的那種刷子，幾乎一半以上的頭髮通通是分叉的，彷彿看到化學藥品的毒素殘留在頭髮上。

然而，當你看到那種髮質很棒、很柔順的人，當場就會有：「哇～！」的那種欽羨的感覺，你會嘆為觀止。那種烏黑柔亮的質感，那個光澤會美到只要讓人一看到就會感動，根本不需要什麼髮型設計或是燙染的加工。

可是，我發現很多人去剪頭髮時，為了要掩蓋髮質不佳的瑕疵，就刻意給頭髮染色；或是為了要讓效果炫一點，故意把它剪得很飄逸、很誇張，可是你還是會覺得不夠飄逸，為什麼？就是因為質不夠好。

我也看過那種很簡單、幾乎沒刻意設計的髮型，但一看到就會驚為天人，就好像沒有被污染過的海水一般幾乎可以清澈見底，或是山中清新空氣的那種感覺。

當你看到一個人的頭髮或皮膚很漂亮，你就會覺得有生命力在裡面流動，也會覺得很感動。對我來說，這就是質感好，這就是美。再者，就是你在上頭的加工修剪，像做髮型、做造型、化妝等等，有時候塗上髮膠或定型液，那又是另外一種藝術。化妝雖然要靠技巧，但皮膚的品質將會是決定性的關鍵。

如果年輕的時候長了青春痘，或是表面生了黑斑、雀斑、疹、過敏卻沒去處理，毛細孔長期堵塞，又讓皮膚任意曝曬，甚至不洗臉或是沒有去除表面的角質層，長年累月下來就會變成黃臉婆。

化妝其實和插花有點像，花插的好不好、美不美，最基本的還是質的問題，最重要的是一剛開始選材的功夫。如果花已經枯萎了，我不曉得你技術能有多好，就算功夫再好也是白搭。所以選材方面就是我所強調的質，以化妝來看，就是我們的膚質。就像食材若新鮮的話，就算你簡單撒個胡椒、撒個鹽，就非常美味了。

所以，皮膚一定要依靠平時的保養，而且是數十年如一日的去保養，從頭到腳無一處不是如此。

不曉得你有沒有這樣的經驗：看到一個女人的手，然後覺得：「哇～好漂亮喔！」她手指頭的任何一個動作都很迷人；或是一雙腳讓你印象深刻，每隻腳趾頭都那麼地濃纖合度，皮膚晶瑩剔透，在那雙鞋子裏面似乎很舒適、很安穩，好像每個腳趾頭都在笑……我覺得，那就是一種有生命力的美。那種美，你光是看到就很舒服。

所以，為什麼有時候女孩子給人一種青春氣息或是生命活力？關鍵就在於經過照顧。年輕就是美，因為不必經過太多的照顧，自然就很美，因為質本身就好。再來，就要看雕琢的功力了。

有時你去看一個女人，她並不一定是你親密的人，你會突然被她的唇所吸引，她的嘴唇似乎會講話，其實那是營養充足、被妥善保養、完整修飾時所呈現出來的一個產品。健康就是一種美，是被「養」出來的，是細心照料出來的好品質。

至於男生化粧，我倒不覺得需要特別強調，但保養的功夫，我認為一定要有。如果你可以化妝化到讓人家看不出來，大部份的人以為你沒畫，就是所謂的自然粧，其實我也不反對男孩子去做這樣子的事情。但如果他有事沒事就去化一個大紅大紫、標新立異的妝，讓人覺得這個男生是不是怪怪的，這樣就不好。如果你呈現出來的感覺是讓別人覺得你很美，那我完完全全沒有意見。

男孩子跟女孩子是一樣的，不是說一定要去畫口紅、塗眼影或是噴香水，這些是個人的喜好。但是，男孩子一定也要重視保養，因為皮膚好不好，會影響到對方的舒適感。

當對方看到你一臉凹凹凸凸、坑坑疤疤的模樣，作何感想？也許你自己會想：「男孩子嘛，沒有關係！」你自己是覺得沒有關係，但我相信你老婆絕對不會希望你的皮膚很粗糙；某種程度上來說，甚至有點噁心！那又怎能要求別人還得喜歡看見你這副德行？

當然，並不是要你把皮膚保養到細皮嫩肉或非常粉嫩的樣子，但是你不應該搞得一臉痘疤、毛細孔都堵塞、看到明顯的黑頭粉刺，那些情況都是欠缺保養，非常沒有美感。

所以，就算是男孩子也一樣，年紀輕輕卻一頭華髮，或髮質粗糙、油頭垢面、滿頭的頭皮屑，這些都會讓人不舒服，也千萬不要讓自己挺著一個大肚子、走路像一頭牛、莽莽撞撞或拖拖拉拉，讓人覺得不平穩、不可靠……這些都不好，沒有氣質。

基本上，不管是自己的感覺，或給別人的感覺，都要重視自在、舒適，讓人覺得你很優雅，那個東西比較重要，也是生活的品質。

男孩子不需要特別去化粧或是打扮，可是一定要乾淨，膚質也還是要去小心照顧，不要散發一股臭味，這不僅跟「美」完全扯不上邊，甚至還會影響到人際關係，令人討厭。

藝術的建立，一定要從質感上去下基本功，慢工才能出細活。把「質」培養好了，再加上其它的造型、設計、創意一層一層疊上去，才能一直創造無止盡的美，朝向完美的目標邁進。

一心二十七用

# 之十四 衣著

# Clothing

衣著方面，基本上要與其他環境配合，也是生活裏一門相當特別的藝術。也就是說，你必須知道要營造出怎樣的氣氛，要有怎樣的展現。

你是主角呢，或者你是配角？你要表現怎樣的一種氣質，怎樣的一種味道？你那天的想法或感覺是怎樣，可以從穿著的風格表現出來。

如果以賓客的身份去參加一場婚禮，就不應該讓在場其他人感覺你比新郎倌還搶眼。你要盛裝出席，但是必須襯托主人的氣質，讓對方的婚宴因為你的盛裝，而變得更有味道，也可以讓人感覺到你身為來賓的氣質與喜悅。你的穿著傳達著某種訊息，也顯示主人的水準與你自己的風格。

如果參加的是喪禮，也得斟酌該場喪禮的水準。如果會場非常的高尚，那你應該要穿上品質非常好的衣服，靠穿著顯示出自己的端莊與高貴，同時表現出對主人的敬重。如果喪家是知名的人士，告別式辦得很盛大，會場的水準高低都是需要仰賴出席者的穿著配合，這是一種賓主之間的默契。

跟對方配合的過程當中，就顯示出藝術的價值。你怎麼跟對方互動，怎樣跟別人傳球、接球，如何去拿捏力道，這就是一種生活藝術。單獨一個人與一群人的不同組合，會呈現出截然不同的藝術。

所以，穿著的藝術在於你如何去呈現自己的風格，如何去搭配對方塑造的氣氛？有沒有用心去和別人交流？人家站在你旁邊會變得怎樣？那是一種心靈層次的美，是一種關心對方以及在意環境的感受。

如果你注意過每一部電影的畫面，就會發現穿著是一種不得了的藝術。以張藝謀的電影為例，每個角色的服飾特徵，與每個鏡頭的色調，與片子呈現的質感都非常協調，你知道每個畫面都是精心設計的，不會讓人覺得有誰的穿著特別突兀。

你可以仔細觀察那些比較會穿衣服的明星，當他們出席盛大的場合，一定會根據會場的需求搭配不一樣的服飾，就算是夫妻檔連袂，他們的穿著也一定是互相呼應的，不管是顏色、材質、價值、布料、風格，一定都是和諧的。

你的穿著，應該跟整個環境、團體融合，同時顯出自己的特色。如果人家都穿得很漂亮，你卻一副很邋遢的模樣，其實是對其他人的一種貶低、一種不尊重。這種態度，會讓別人覺得你很失禮，讓別人覺得你很丟臉，而且他們會覺得跟你在一起很難受。

這跟打籃球是一樣的道理。你希望要怎樣把球傳給對方？如果是要長傳的球，你當然要很用力才行，可是又不希望把球傳出界，你要估算隊友在你扔出球之後的位置，需要用多少力，傳多遠的距離才會剛好……穿著得宜，就等於是把球傳得剛剛好，有著這樣的意味在。

這就是默契。我們的穿著跟打扮，是意味著你跟別人的一種交流、對談及溝通。

假設有一個主題派對，大家都是走可愛路線的穿著。偏偏你故意打扮的很端莊，端莊到讓人家都不敢坐下去跟你聊天，這樣不太好吧？或是有些場合需要非常端莊的穿著，每個人都穿得很漂亮，你卻邋遢到讓所有人都能聞到你的體臭，衣著隨便，這樣好嗎？

這就是跟別人的不協調，造成藝術上面的破壞，既不美也不舒服，不自然。

藝術，不是只有一個人在創造。因為藝術是一種溝通，可以是很多人一起創造的，要有人生產，也要有人欣賞。當一個團體一起在創造一樣東西的時候，像打籃球或是足球隊，每一個人都可以擁有自己的角色與位置，但大家是一個團體。

你要怎樣攻、要怎麼守，球要怎麼傳，你還是可以很有個人的風格，可是個人風格必須和別人協調作為出發點，要不然就只是你自己很爽，搞到別人都不爽，這種東西叫做自爽、自私；不管你技術再厲害，都不能算是好成員，而最終做出來的產品，一定會大大扣分的。

從穿著上，可以顯示出你對別人的尊重，顯示出你對環境的注意，顯示你怎樣讓別人參與你的空間，覺得你看起來賞心悦目；好像看到一朵美麗的花，生意盎然地呈現出來，然後襯托出別人的品味。

穿著得宜的目的，不是要讓別人親近，而是要讓別人舒服。也就是說，你穿這樣，我有沒有感覺舒服？有沒有美感？這就是穿著的藝術。如果我穿在身上的衣著，讓你覺得跟大便沒什麼兩樣，那你就一定不會尊重我——不舒服嘛！

有時候你會看到某個人很「顧人怨」，大部分的人都對他沒有好感？就是因為他讓別人覺得不舒服，所以人家很怕有他在。只要他一出現，整個場子就好像陷到糞坑裏一樣，他過來了之後，別人就會覺得不舒服、不喜歡，感覺非常不好，這當然會影響生活品質，是嗎？

現代人比較不注重衣著的細節，大而化之，輕鬆、隨興就好；但我還是很注重穿著，因為這是生活中的質感之一。

為什麼我們會說女孩子千萬不要抽菸？除了對身體不好、讓別人抽二手菸之外，還有一個原因在於會有那種讓人不舒服的味道。只要抽菸，就一定會有味道。那個味道絕對不是香的，而且二手菸還有毒，不僅不健康也不美，身上有菸的味道，人家對你的印象就會大大地打了折扣。

為什麼有時候我們不擦香水？因為有人會不喜歡。你擦了那個香水，你覺得你很香，但是別人不見得這麼認為，甚至覺得很難受，聞到覺得很刺激、很嗆，讓人受不了。

像這種細節，就是會讓你和別人之間的傳球、接球產生障礙。不夠貼心，不夠為對方設想，你就會跟人家格格不入；既然格格不入，你就不適合待在這個場所，不適合在這個環境，你的人緣當然就不會好。所有你散發出去讓人家不舒服的每一樣東西，最後一定會反彈到你自己身上。

既然是藝術，就一定會讓人覺得舒適，一定會讓人覺得美麗，展現出更多的生命力，而不是在那邊搞破壞。

如果你是個女人，就應該讓人家覺得你很有女人味，如果你是個男人，就應該要很有男人味。在穿著上面，會完完全全顯示出你這個人的藝術價值，包括個人品味、跟別人的互動。讓穿著變成藝術，更上一層樓地呈現出更美的作品。

如果你到一間公司，會看到穿制服的職員。從穿制服的態度裏面，你會知道這個人展現的專業度到哪個水準，也可以看出這間公司的形象是怎麼一回事，你會感覺到他們的整體性、合作狀態、個人的水準與專業的水準。

如果不能藉由穿著表現出這些，就像打中國結卻不懂怎麼選線材，打出來的作品像毛線球；再搭配不對的布料，讓美感變得很粗俗、很難受。

這些都是藝術。生活裡如果沒有藝術，就沒有質感；沒有質感，就沒有美感。沒有藝術，就沒有溝通；少了溝通，就少了感動。

以穿著來說，不是要求一定要穿得多漂亮。當然，你可以講求搭配、顏色，那些都有專業的知識，懂那些就夠了。你可以知道配色的方式，同色系、反色系或對比色，這些都是你可以學習的，但最重要的是你的觀念跟態度。

為什麼穿著重要？為什麼穿著是一種藝術？就是因為你跟別人的關係，展現出來給人家的感覺。因為在那個地方、那個時刻，可以用穿著表現出對別人的尊重，可以有互動、溝通及情趣，可以碰撞出許多生活的火花，很有意思；有許多生活的色彩及濃度。

我常常覺得，我們的化粧、穿著、表情，我們的生命力，都是在那個空間裏面表現讓別人自在。這都是為了要跟別人在一起，讓對方感到舒服的一種能力；而不是說，我來了就是要讓你感覺難受，你會難受，所以你活該，你跟我在一起你很不幸，那是你家的事，算你倒楣；然後就跟別人隔絕。這種想法很不協調，對生命是很沒有價值的。

有時候，很多人並不懂為什麼要有這種藝術，反正衣服就隨便穿，好像沒什麼大不了的。那種隨便穿的想法，其實會引起很多人產生一種直覺的反感，或是變成溝通上面的一種障礙。雖然對方不一定會直接講出來，但是他的腦袋裏會有一種不好的感覺，會停留在那個不好的印象中。

我覺得，如果你想要跟別人保持很好的關係，不應該去製造那樣子的感覺。

在生活裡，培養自己的美感是很重要的訓練，但我並不建議你盲目地追求時尚。雖然時尚在全球有舉足輕重的地位，有它的品味跟價值，大家非常崇尚，甚至可以讓你賺錢；不管雜誌、媒體都刻意炒作，但真正的美感不一定要跟著時尚潮流走。

我覺得在生活的藝術裏面，因為是生活，所以這裡所談論的美是一種寫實。你要真正的去練就到讓每一個接觸你的人都感覺很舒服，而不是一種舞台走秀、雜誌封面模特兒，或是流行時尚尖端。並不是說，巴黎、米蘭現在流行什麼，你就得照著他們的模式走。

那些最時尚、在潮流尖端的東西，固然有它的道理，可是那些東西並不是一般普及的，也不一定是真正令人舒適的。像是名牌產品的價錢非常高昂，貴到一般人根本買不起，至於那些上流社會或是明星標榜的，比較不算是這裡所要討論的藝術範圍，那又是另外一種專業領域。

我們要講的，是生活。生活應該是怡然自得、舒適自在，讓你感到親切、愉悅，這才比較貼近真正的生活。就算是大明星，也有穿便服的時候；如果她真的是一顆閃亮的明星，其實在不刻意妝扮的時候，依然是很漂亮。她的造型也還是設計過、打扮過，但不是舞台形式或宴會式那麼誇張，而是生活型態的。那樣的型態，才是我們在講的生活藝術。

至於怎麼樣達到生活藝術裏的那個境界？就是我所強調的「質」。

衣著的配件，是提升美感的附屬裝飾。這些小東西我很重視。當你已經有了很好的氣質、膚質等等之後，這些配件能夠增加很多特別的味道，就像耳墜、領巾、帽子或頸鍊等等。

這些東西都是非常可愛、非常有趣的，作用是彰顯你的個性，或是呈現出不同的感覺。平時就要去找尋適合你自己的配件，所以你必須瞭解自己的風格，知道哪種配件可以凸顯你的氣質，表現出自己的創意及個人色彩。

我覺得，耳環有非常美妙、非常高雅的點綴效果。一個美女有戴耳環跟沒戴耳環，氣質會差很多。頭髮上綁一條絲巾，或者多一朵花，呈現出來的味道就會差很多；有時候只是一個小小的別針，或是一個很可愛的高音譜記號、或是一朵小小的玫瑰、一顆碎鑽，很難想像只要一點點的裝飾，就會讓整體的美感有意料之外的提升，就會讓人覺得氣質很不一樣。最重要的是新鮮感、泉湧的生命力，及用心於其中的創意，增添了許多的生活樂趣。

選擇適合自己風格的裝飾配件，是非常簡單、有必要學會的一門學問。配件為什麼會是生活藝術裏的一部分？這是因為配件的選擇、搭配有非常多元的型態，考驗著自己對於自我風格、生活品味的瞭解與提升；不同的搭配，有不同的思想在裡頭。

譬如顏色的不同搭配，會表現出不同的感覺，也會給人不一樣的氣質，這本身就是一個藝術。在搭配的過程中，你會感覺到，為什麼要創造這種不同的風格？在這當中的思想，本身就是藝術的一部分。它可以讓人感覺得到春夏秋冬的冷暖、乾淨俐落的清爽，或是可愛、溫馨、淒涼，或是憂鬱的感覺。不管你是要表現公主的氣息、女人的韻味，都可以從配件裏面顯露出來。

配件的挑選、搭配，以及顏色、材質、式樣等等，都牽涉到一個人的審美觀。看似稀鬆平常，其實蘊涵的學問博大精深，需要有很多的歷練、很多修養、很多內涵才能找到最好的搭配。表現得好就是美，就是令人感動。

這些都要靠平常紮紮實實不斷去學、去琢磨，才會具備的水準。這也是藝術之所以迷人的地方，讓創意生生不息，永不停止地延續下去。

一心二十七用

# 之十五 戀愛

## Fall in Love

戀愛的藝術，在於兩人在一起的美感、激情、喜悅及迷人。

在人類的歷史當中，不管是電影、歌曲、戲劇、小說等等，最引人入勝的內容，幾乎都會有男主角、女主角的戀愛情節。人對兩性之間充滿無限的遐想，永遠有用不完的吸引力，沒有辦法停止的震撼跟喜悅。愛情天天都在發生，每一個時刻、每一個角落、每一分每一秒，人只要活著就會希望有人可以去愛、能被別人愛，這就是戀愛。

戀愛本身就是一種求愛的過程，一直希望創造愛，一直不斷地著迷，希望永遠不要停止，是一種兩人之間親密的感覺，享受兩性之間的纏綿、親近、甜蜜的吸引力，這就叫戀愛。

有很多關於戀愛的形容詞。但總歸來說，戀愛就是讓你覺得有一種非常奇特的興奮、刺激跟舒服。戀愛的愉悅是人間最美麗的一種感覺，它的感動叫人永遠陶醉；戀愛在生活裏不怕多，也是讓生活更精彩的必要元素，它是生活裡一種非常美麗的質。

我常常跟人講說：你一定要結婚！因為我提倡「戀愛是結婚以後的事情」，這裏面還有一個用意——就是戀愛是一輩子的事情，因為戀愛很美。非常健康。

如果你要講到什麼是健康？我們常會用鹼性的身體代表

最佳的狀態，這樣來說的話，戀愛就是最具鹼性的力量！不管是什麼病痛、什麼不愉快，就是注入戀愛的力量，它就像一個強心劑！那種感覺就是你會希望一直獲得，而且永遠不怕太多，永遠也不想失去。

那，為什麼有的人的愛情那麼枯竭？

這裡用比較物理性的比喻。譬如你一直吃酸性食物，沒有吃鹼性獲得平衡，身體當然會呈現酸性。得到鹼性的最好方法就是睡覺，缺乏睡眠就應該多睡一些，但是他一直沒有辦法睡。

在愛情的立場來看，就是一直跟另一半吵架，或是一直跟伴侶搞分手，就會讓你變成酸性，戀愛就沒有辦法發生，生活裏面就少了平衡，就像身體裏面酸鹼不平衡，當然也比較不健康。

戀愛的技術跟技巧，以藝術來說，其實是一種不斷地創造、不斷地努力。它必須要很有創意、很有意願地去講好聽的話，精心設計、關心照料，用心、用情，再加上用腦。如果你太懶，就失去了創造這樣的意境。

不管什麼東西要跟藝術有關，一定先要有熱情。譬如說音樂家一直彈奏、作曲家一直譜曲，貝多芬耳聾了也還是一直寫，因為他就是有那股熱情。

以一個藝術家的標準來衡量，應該有產量的要求或標準。我們都喜歡多量、多產的藝術家，他的創造力一定到達某種程度，極罕見創作量很少就出名的藝術家。他一定是先創造出很多的作品，重點就是熱情。

戀愛就是需要那種熱情。戀愛的人常會一直打電話，晚上不睡覺，一直講電話。現代人的戀愛品質愈來愈不好，你常會聽到：「嗯～週末再連絡就好。」或是一個月才做愛一次，這有什麼熱情呢？當然，並不是說你一定要多常做愛、多常親吻、多常擁抱或是寫多少信才叫戀愛，不是這個東西；但戀愛之所以美麗，就是那股衝勁。如果降低了，也相對減低了戀愛的濃度。

戀愛本身就是藝術，要充滿熱情與創意。我們生活中要上班、要做事，沒有辦法24小時都專注於戀愛，在一起的時間不多，所以重點不在於量，而在於質。

想要享受戀愛品質，需要練到一個境界，下足功夫、提升能力去追尋獲得的。你必須要滿足對方的感受，你必須要有為對方付出的熱情與意願。

戀愛其實很簡單，你只要一直去愛就好。如果你要問我戀愛需要什麼技巧？沒別的，一直愛下去。不管怎樣風吹雨打、日曬雨淋，不管天災人禍、不管任何麻煩阻礙，不管哪一種情況，都停止不了你要去愛的心——這就是戀愛。其他的部分就是練，下苦功、拼命練習的事情了。

所以，有人會說：戀愛很麻煩啊，還得幫她提東西、要買花給她、要給她親吻、要送她禮物，還要講甜言蜜語。如果是真的愛上了，就算做再多也絕對不會有一句抱怨，做什麼都開心，你只要一直去愛就好了。如果你不知道該怎麼表達，沒關係，只要會說：「我愛你」，就行了。

戀愛有一個最有趣，也是最無聊的東西——就是講「我愛你」最感動，看誰講的次數多，誰就最偉大。就講我愛你、我愛你、我愛你、我愛你……很簡單吧，就這麼簡單三個字。

戀愛中的人就是這麼三八、就是這麼白目、就是這麼無厘頭，沈浸在愛河裏沒有別的，它就是美，就是爽，快樂的不得了。不管你做什麼事都是美，坐得歪歪的也是美，腰痠背痛也是很美。這個東西就是戀愛。所以，為什麼戀愛那麼好、那麼吸引人？因為不管喝西北風、曬太陽、漫步月光下，都很美。

戀愛也是人生最簡單的事情，怎樣才算戀愛？就是去愛。不管怎樣的狀況之下，你堅持愛到底，戀愛最美的境界其實也不過就是堅持，就算我跟你吵架，混蛋王八蛋！不過我還是愛你！無論風吹草動、大地震、天災人禍，都影響不了你要繼續愛下去的心，那就是戀愛的偉大、最具藝術的地方，也是戀愛為什麼吸引人、美麗、勁爆、熱情、充滿活力之處。它就是一直源源不斷地產生能量，那就是戀愛。

戀愛非常簡單，但很值得修練，也很有得修練——因為不准停，這就是最美的地方。

關於戀愛，我修得很有心得，因為我已經到了一種境界，我不會擔心或是覺得有任何困難繼續下去，已經變成如魚得水了，它變成我的血肉、我的呼吸，很自然地就是充滿在時時刻刻的生活裏面，我所有的舉止、行動、思想裏面通通都是戀愛中的女人。

如果你看到我的活力、氣質、美麗，那些都還是很其次，最重要的是因為我是戀愛中的女人，我永遠有一份喜悅、無厘頭、痴情，因為我一直都在戀愛，不斷地享受、不斷地創造、永無止境地喜悅與瘋狂。

女人有一股稚氣是男人喜歡的。男人喜歡女人，不是他喜歡妳笨或呆，男人不在乎女人傻，當然不是笨到想把她打下去那種的傻；男人很喜歡、很著迷的地方，是她有一股無厘頭的傻勁、一股很可愛的稚氣，不管你多老都永遠這麼討人喜歡，那就是女人最可愛的地方。

而最最令人陶醉，永遠無法抗拒的，就是女人的撒嬌。

那種感覺，會讓男人永遠願意戀愛下去；因為女人的那股嬌嗔、那股嗲氣，或者是說那種著迷、那種幸福感的可愛。最美麗的女人是因為她們永遠是笑的，笑容值得一切。

我老公一早看到我就笑，我覺得那種東西讓我體會到，其實彼此之間的要求非常簡單。因為你起床的時候，還不用擔心今天會不會有跳票的困難，也沒有想到今天中午要吃什麼、車子是不是要維修之類的問題；你只是醒來看到一個人對你笑，你才意識到自己活著，才意會到原來我身邊躺著的是你；你笑了，這樣就給對方幸福、戀愛的感覺，那是再多財富都買不到的。

不管以後有多少問題，都和現在這一刻的幸福完全無關。因為只要在戀愛那一刻，你會忘掉所有的煩惱；即使你戴著滿手的鑽石，睡在黃金鋪的地上，或躺在鑲寶石的床上面，如果你看不到那一個讓你充滿活力的燦爛笑容，那就天地變色，你會覺得好像活在地獄裏面，你覺得好像身處地牢；雖然牆上掛著名畫、地上鋪著最貴的地毯，但自己卻好像一個孤魂野鬼。

如果你住在一個茅舍裏面，可是遇到一個戀愛的對象，戀愛的人可以化腐朽為神奇，有點石成金的味道。只要一個笑容，就能讓你彷彿置身於天堂。那種力量，是戀愛的人都能夠體會的幸福。你只要fall in love，你的世界就變成天堂。

有一次，我問我爸說：「爸，你覺不覺得我老公福星真的好可愛？」那時候我已經結婚很久了，我覺得我爸一定會認同，一定會說：「對對對，他很可愛！」沒想到，我爸的答案很令我出乎意料。

他說：「我不曉得他可不可愛，可是有一件事情我很確定：You are fall in love，一個女人會覺得她丈夫很可愛，只有一種情形——就是她在戀愛中。」

那時我才突然驚醒，因為我很主觀地覺得我丈夫很可愛，我才突然覺得說，哇～我簡直是瘋了！而且竟然還以為別人眼中看的會跟我一樣，還以為這是很明顯的事實。

這就是所謂的情人眼裏出西施。但我心中，充滿著無限的感動。即使事隔多年，那份感動仍一直震撼著我的心。

我爸的回答，真是一語驚醒夢中人！原來是我自己在痴呆，因為我在戀愛、我在瘋狂，我真的像神經病。但我好快樂，幸福無比。

後面我爸說的更好笑。他說：「以前你媽媽也覺得我很可愛！」

我說：「哎呀，爸，你真是太棒了！」

我爸接著說：「現在在她眼裡，最討厭、最顧人怨的、最可惡的那個人，就是我！一點也不可愛囉。」

真是太好笑了！他對於可愛跟不可愛的差別，就在於有沒有在「戀愛」中。這真是太高深的學問了，有沒有戀愛竟然是這樣評定的。

從我們的對話當中，我深深地體會到，原來什麼會讓一個人漂亮；我也體會到，什麼讓一個人感動、癡迷、瘋狂；為什麼我會有這麼完美的一種境界，而且覺得我老公這麼棒？

因為我在戀愛！愛情無敵！

如果天下真的有仙丹，就是讓你自己能夠戀愛、沈醉在愛河裏，就是最偉大的仙丹。有時別人會說我很漂亮、很年輕，我先生就會說：「我也有功勞！這是我的功勞！」我會說：「嗯，對對對，沒錯！是你讓我變成鹼性的！」

像這樣的對話都很無厘頭，但卻會讓人發出會心一笑，會讓人感動，讓人喜歡。我覺得，就是因為那是戀愛中的人會說的話。

所以，戀愛真的很美。戀愛真的是萬靈丹。

這一路走來到現在，戀愛給我的力量真的很大，而且真的很神奇。如果你要求取仙丹，不如讓自己在戀愛中，這是一個最便宜、最簡單、最有效，而且是永久保證的靈藥。

我先生常對我說：「我愛妳億萬年，讓我們再簽約一下吧！」

我問他說：「你要簽什麼約？」

他說：「我要再加簽一百萬年！」

「你已經億萬年了，久到我都不能忍受了。」

「再加一百萬年吧！老婆，來，今天很高興，決定再加個一百萬年。」

就是戀愛的人講的話，那一種無厘頭的、出乎平常意料之外的話，讓你開心。

所以，若你要追求所謂長生不老的藥，我個人認為還不如去戀愛。但戀愛不是關在自己的象牙塔裡胡思亂想——切記，這是一門藝術。要練、要修、要下功夫，要拼命用心追求，不斷提升能力，讓自己的熱情永遠不滅，生生不息。

一心二十七用

# 之十六 婚姻

# Marriage

婚姻有很多的細節，是屬於兩個人怎麼經營、如何相處、婆媳、親子關係等等，都包含在婚姻裏。

基本上，「怎麼樣去對待彼此」的議題，都是屬於比較意識型態的內容，在我們所談的藝術領域中，這並不是非常重要的事。如果可以把戀愛視為結婚以後的事情，把戀愛當作是一輩子的事情，我認為，你可以減少很多婚姻的問題。

至於那些婆媳問題、親子關係、經濟狀況、工作壓力、朋友圈子這些東西，想在各方面都取得平衡，我個人認為，除非大家可以一起成長，否則是「無解」的。因為公說公有理、婆說婆有理，從頭到尾就是「弄破鼎」，沒有一定的理論、也沒有一定的方式來說怎樣做才是最好、怎樣是不好，那些都太過於理論化，且太過牽強。

人會改變，會隨著就業、孩子成長、更年期、社會經濟、全球問題的各種因素而轉變，就連個性、習慣、樣貌都會改變。所以，如果把理想中的婚姻想像成應該要怎樣，生活、持家應該怎樣……，其實我不太相信這種東西。這些都是表面化、型式化的，沒辦法帶給下一代或現代人真正的教育作用及任何啓發。

如果規定婚姻應該這樣或應該那樣，就像你要上大學、要拿文憑、要上班打卡、要一個月賺幾萬……然而，真正的婚姻不應該是如此的制式化。

婚姻本身是什麼？要知道答案，你要先了解「溝通」在婚姻中的重要。溝通本身需要訓練，需要教育，是一門深奧的藝術。婚姻所有的問題、暗礁，都是來自於有一方或是兩方不願意成長，因此婚姻亮紅燈，出現狀況。

所以，如果婚姻中有任何一方不願意成長，兩人的衝突最後一定是無解的；不必去硬拗，也不必去勉強。溝通不成，還有婚姻可言嗎？

你不必硬去解釋說：「啊，他就年紀比較大，要敬老尊賢嘛！」、「因為他是獨子才比較驕縱嘛！」、「她婆婆是因為丈夫早逝才這樣！」，不需要替他找那麼多藉口，也不用去說那麼多的理由。

這些問題會產生，並不是你去把問題合理化、去同情他的痛苦就能解決，重要的是——最後有結論嗎？結果是什麼？你忍耐了，然後呢？你幫對方找理由了，然後呢？反正最後的結果，就是誰都不高興，大家都含怨而終。

所以，一定要把話講明。不必把問題合理化，沒有誰替誰找藉口、誰替誰包容，就能夠把問題解決的事。沒有進步的那一方，絕對會帶來問題；不能成長、拒絕成長的人，你跟他的相處就是一局死棋，一定就是僵局——因為他不肯改變，你跟他就沒得談了，是不是？

把狀況延伸到國際情勢來看，不管是共產國家或是民主國家都好，有沒有得談？僵局在哪裏？沒有進展的理由，就在於兩方沒得談；只要還有得談，有話好說，你要談貿易、要進聯合國、要加入世衛組織、要申請免簽證等等，都可以想辦法。但是當你跟對方沒得談，或有人硬要卡、硬要從中作梗的時候，那就會變成真正的僵局，不管國際關係、黨派、做生意、家庭都一樣。

所以，每次當有人問我：「陳顧問，有沒有一個好方法，可以拯救我的婚姻？」

我老實告訴你：一定有救，方法一定有。但是，你願不願意誠實去面對到底問題出在哪裏？

問題，只有出在一個地方——有人不願意成長！

如果兩個人願意一起成長，婚姻就會有救。當中若有一個是不想成長、不想改變，抱著「我就是要這樣，永遠不會改變！」，「我擺明就是吃死你，你也不准走！」，這就保證一定痛苦，絕對沒有好下場了。

我幫很多人作過媒。在他們結婚之前，我常會跟這些年輕的新人講：「你要結婚，選擇對象最重要的條件，不是門當戶對，不是郎才女貌，而是會不會進步、願不願意配合一起成長的人。」

只要能夠嫁或是娶到這樣的人，我敢跟你保證，有85%以上的機率，婚姻是會幸福美滿的。就算真的遇到問題，也不會至於會痛苦到一輩子都沒辦法翻身。只要願意改進，我就能保證讓她改變，讓她變美、變瘦、脾氣改變、變得更有能力賺錢，有能力和你爸媽溝通，讓你帶得出場，在別人面前很有面子。

如果她願意改變，你願不願意娶她？

以我身為一個顧問的專業角度來說，我保證的是她願意改變，所以我可以改變她。如果你能保證的是你願意娶她，這樣我就一定有辦法。雖然目前還沒有做到很完美，但故事還沒有結束，比賽還沒有終了，我可以讓她一直進步——因為這是我的能耐，我的專長。

所以，我保證的不是你一定幸福、她一定會是賢妻良母，不是這樣。我會保證你的是：我可以讓她進步。

在婚姻之前，如果你有很多無解的問題，我可以幫你。這是我的專長，我會讓你看到希望，就算現在仍有很多痛苦，但兩邊都還是在持續成長；是那個進步的意願讓人覺得可以活下去。

婚姻的重點在這裏，其他的都不重要。這就是一種藝術。

也有些人選對象的要求特別多——他薪水這麼少、他這麼胖、這女的這麼醜……很多的挑剔。然而，這些都不重要，因為他還有將來啊！你怎麼會知道他是不是永遠都不會賺錢，或是永遠都不會加薪？你怎麼知道她瘦下來變漂亮之後，追她的人都排到馬路對街去？

很多人會說：「他一個月才賺四萬多，所以我們不能結婚。」這真是天底下最神經的理由，乾脆去撞牆死一死算了。就算你今天找個薪水六萬、八萬的，搞不好哪天被裁員，或是被減薪都有可能。雖然他現在薪水只有四萬，你怎麼知道將來會發生什麼事？你怎麼知道十年後，四萬會不會變成八十萬？如果你只看他現在賺四萬，就直接判定這人絕對沒前途，等於是宣判他的未來完蛋了。

所以，婚姻不是一門無解的課題。婚姻是學問，也是一種藝術，端看你怎麼追求、怎麼練習，如何不斷地去創造。

婚姻靠的是溝通。婚姻的質感，決定在於雙方溝通的能力。溝通越順暢，「質」就有多優越；不能溝通，就是絕對的劣質，當然也就沒什麼美感。當雙方都願意不斷地進步成長，認真建立更良好的溝通，更深入的了解彼此，這樣「質」才會提升，才會有越來越深的感動。

婚姻是生命中不可或缺的要素。要修好這門功課，一定要下功夫，誠實、用心，就會栽出好的果實，開出美麗的花朵。要有美好的生活，優質的婚姻是關鍵。這樣的生活藝術雖然工程浩大，但絕對值得下功夫去尋求！

一心二十七用

# 之十七 交友

# Make Friends

交朋友，是一件非常有趣的事情。

人生裡除了溝通之外，我最重視的就是交朋友。為什麼交朋友這麼重要？以社會上的運作體系來看，交朋友就是拓展人脈。尤其對商人來說，人脈是為了做生意或是為了要賺錢的，做生意就是需要人脈。如果不牽涉到利益，純粹就只談情感，我認為「交朋友」就是活著的真正目的吧！

人活著所做的絕大部分事情，都是跟其他人有關係，所以需要互動。交朋友就是真正在互動，人活著若是沒有朋友，要幹嘛？

有一次，有一個媽媽就提到，她小孩在學校功課、成績如何如何，一大堆關於孩子的問題。於是我問她：「妳知道小孩子為什麼要上學嗎？」

她回答：「上學不就是去學東西？像加減乘除，或是自然科學這類的知識。」

我告訴她說：「不是。去學校的主要目的就只有一個：交朋友。妳跟妳小孩講，努力交朋友，其他的都沒關係。」

這個媽媽聽了好驚訝，但她有把我的話聽進去，回去告訴孩子說：「陳顧問說，你去上學就是要去學著交朋友，所以你現在就是好好交朋友、多交朋友。」

我還跟這位媽媽說，妳要叫孩子將全班名字全部都記下來，看有幾個人，而且你要跟他們全部都變成好朋友，這就是你上學的任務。

那小孩子聽了多高興！自此以後，她就非常喜歡去上學。

你仔細想一想，如果小孩子去學校上學，就是為了好好地交朋友，對他的人生是不是才真正的有意義？這是很有意思的事，如果你真的跟朋友關係很好，你的功課一定不會太差，因為大家在交朋友當然會互相幫助、互相學習。

有了友情，人會快樂很多，比較會有上進心，也不會因為課業而覺得苦，或感到生活無趣。所以，有沒有朋友，對一個小朋友的生活品質影響相當重大。

而且，交朋友跟生活是息息相關的事，因為這些朋友就算是小學同學，也是你未來一輩子的人脈、一輩子的橋樑，到了初中、高中、大學這些朋友加起來，你的生活一定是精彩可期的。

我相信你一定聽過，在大學必修的學分是什麼？其中之一就是戀愛學分，交男女朋友，對吧？交男女朋友也是交朋友的一種。我覺得，你從上學開始，幼稚園、小學到大學，進了研究所、當兵、然後上班，你問我人生究竟要幹嘛？我會告訴你三個字，就是「交朋友」。

那麼，朋友要怎麼交？

很簡單，就是跟他講話。講什麼話？講互相可以了解、彼此喜歡的話，所以你一定要學會鼓勵、學會溝通。

交朋友的技巧有很多，你可以想到一些不要計較、不要爭對錯、要貼心等等，這些都是方法，但是那些都還不夠徹底。我比較喜歡用基本的方法，就是你要真正去了解他。

朋友的可貴，在於真正的了解，交心。講得簡單一點，就是欣賞一個朋友的優點。

至於他的缺點呢？你可以提醒他，你可以選擇忠言逆耳的方式點他一下；但是我比較贊同使用比較有建設性的鼓勵，想盡辦法找出那個人所有的優點去欣賞他，讓他將優點發揚光大，然後跟他學習。

「三人行，必有我師」。交朋友就是在學，跟每個人學，學他所有的優點，不需要去想他的缺點。

就好像說很多人不是很愛錢嗎？不是很愛做生意嗎？在做生意的時候，你是在找問題，還是在找商機？你在做生意的時候，是在找那些好的產品，還是在看那些不良品？那些不良品有什麼好看？

如果有商機，你就要去耕耘；如果有不錯的產品，你就要買。如果有很棒的商品，你就要搶，對不對？

交朋友就是這樣。你要搶著跟他做朋友、要搶著跟他講話、要搶著跟他學習，你要努力地去欣賞他，因為這個就是你的「商機」，不是嗎？

若是以精神上的層次來說，你真的要跟那個人交心，就要看得更長遠，不要在一個人有困難、情緒不好的時候，就選擇背棄他。你要有耐心地看長遠，三年、五年、十年以後，因為交朋友是長久的，這才是君子之交。

你不應該看他狀況不好就不理他——就算買股票被套牢了，也要等它漲嘛！

對於一個人適不適合交心，我通常是給七年的時間。在這七年裏面，會真的檢視他是不是無情到不值得交往，他是不是壞心到會把你害死，也能看出是不是彼此間真的沒話說，得要到分道揚鑣的地步。

以我自己為例，七年後所淘汰的大概只有1~3%，因為這種人並不多，他必須是很極端的壞人，他必須是真的跟我志不同、道不合，就像漢賊不兩立的這種程度；或是他真的不喜歡我、我拿他沒辦法，話不投機。

我有一句經典名言是：「我不跟我不喜歡的人在一起，我也不跟不喜歡我的人在一起。」

但我所謂的「不喜歡」，是指你真的很厭惡我，或者是我看到你就很彆扭，沒辦法忍受相處在同一個空間。這些種類的人，我才會選擇不跟他們交朋友，平均在七年之後就會斷了，但並不是永遠不搭線，只要你理我，我一定理你。如果有什麼問題或需要幫忙的，沒什麼大不了，我能幫的還是一定幫。這幾類的人，我給他七年，其他的人沒有問題！

交往其實很簡單，大家在一起如魚得水，非常舒服、非常開心。

我是心直口快的人，講話很直接，常常有人受不了。但是長年累月下來，對方就會發現我也沒什麼心機，了解了就會很容易處在一起。

我大部分講過的話，就是因為很誠懇、很直接、也滿真實的，所以一開始別人不一定聽得進去，但也不至於真的會恨我，大部分的朋友都還不至於只有到點頭之交的程度，都還滿交心的。

交朋友是一種很基本的人際關係。不愛交朋友的人或是不喜歡朋友、斤斤計較種種問題，各式各樣在交朋友上出問題的人，最後的問題只會出在一個地方，就是在講話上沒有多大的意願，或者是溝通能力極度低落；否則的話，這個東西不會產生。

沒意願講話的人，基本上就是不喜歡人；既然不喜歡人，當然就不必談什麼「交朋友」啦！對他們來說，「交朋友」是一種過於奢侈的行為。

我把人生分得很簡單。如果一個人不愛交朋友、不能交朋友、交不到好朋友，他很喜歡跟人計較，生活很孤單；這種人都只有一個問題：不愛講話，沒有講話的意願，他不愛聊、不愛談，他不喜歡去了解人家，不喜歡跟人講話，也不願意讓別人了解自己。

有一種是沒有意願，一種是不愛講，另外一種就是沒有講話的能力，這也是同一類的問題。因為沒意願就會少講，不愛講就不會講，久了當然就沒有講話的能力。

這種人交不到朋友，因為說出來的話太枯燥了，沒有人受得了。他受不了別人，別人也受不了他；否則的話，人應該都有朋友——癩痢頭有癩痢頭的朋友、東家長西家短的有東家長西家短的朋友，宅男也有宅男的朋友。各式各樣的人，都有自己的朋友才對。

交朋友是人生絕對必要的事，而且多多益善，永遠要繼續交下去，不斷地探討、開發。朋友永遠不嫌多，就像是商機、開發新客戶一樣。交朋友是永遠的事，所以我常喜歡去旅行，到不同的地方，學習不一樣的事情，同時交些新朋友。

為什麼要這樣？藉著活動跟機會去認識新的、不一樣的朋友跟不一樣的人，然後去發掘、去探討，每一個朋友對我來說就是一個金礦，就是一個寶物，行萬里路找到許多寶物，去不同的國家旅行，然後遇到某個人。

所以我在飛機上、在旅行路途裏，都會儘量交朋友，這些萍水相逢的人大部分都會繼續保持聯絡，會真的變成朋友，那感覺真的很好。

像我很多朋友都是在飛機上認識的，他們到我家來玩，帶小孩過來，或是請我吃飯，就很多很多事情發生。我非常喜歡這樣的事情，沒有什麼目的，就是交朋友。

交朋友沒什麼特別的目的，可是交朋友這件事情，卻是人活著很重要的目的，非常有趣，也讓生活增添不同的色彩。所以，你應該要努力交朋友，什麼時候開始交朋友？出生就可以開始交朋友了，從幼稚園開始就要努力交朋友。

交友的這門藝術時時充滿感動與驚喜。朋友的數量多，朋友的品質好，在另一層面會提升生活的質感。質優越了，藝術就更上一層樓，那生活就充滿更多的繽紛色彩。

我覺得，這可以是給小孩子、小朋友、國小的學生們的一個建議吧！請你們在生活裏面努力、認真、用心、用情，好好地交朋友。這是我想給這些人的一句祝福——交到許多好朋友。

一心二十七用

# 之十八 工作

# Work

在人的一生當中，工作占了相當大的比例。每一個人都在工作裡面不斷尋找自己要的是什麼，包括工作的地點、型態、目標以及成就感等等，會影響一個人的命運。每個人在工作上頭的表現、理想跟結果，是一個有趣且值得探究的事情。

工作跟生命是如此的息息相關，你每天投注了不只八個小時在工作，那些付出的情感、體力跟精神，最後得到的結果會是什麼？身體會變怎樣？婚姻會有什麼影響？十年、二十年退休之後，生活會變怎樣？在你一生當中，工作得到的快樂又有多少？這些都是很有趣的問題。

有些人很討厭自己的工作，一方面是能力不足以應付，但有些時候就算有能力勝任，他還是不喜歡這份工作，一天到晚想著退休，或是騎驢找馬，或總是覬覦某份薪水不錯的工作之類的；反正就是很多理由讓自己不想工作，或不喜歡這份工作。

我的建議是這樣：第一個，先看能不能在工作上面學到東西。不管公司的經營項目是什麼，它總有些東西是你可以學的，從這裡頭的學習、了解當中，你會增加很多的樂趣；這就可以創造出更好的「質」，讓你成為一個生活藝術家。

還有一項在所有公司裏都可以學的東西，叫做「行政」及「人事」。你可以學習在行政工作上面，怎麼去佈署、怎樣去溝通、怎樣去讓大家更協調。

「人事」就是所謂的人際關係，也是一種學習。了解人事的互動關係，了解同事之間的問題，和工作夥伴交心，多方面去學習。了解這些之後，可以讓生活變得比較不那麼枯燥，如果你跟同事間的感情很好，即使做一些很無聊的事情，通常還是可以過活度日。這有點像在家裏，有很多時候因為對方是你媽、是你姐，你就願意去做事，這也是一個在工作上的態度。

你不要一直去強調自己很難受、很無聊、很痛苦的感覺，而是應該在生活裏面去找尋一些共同成長的方向，或是人際關係的協調、互助，這些都會增加很多的情感及樂趣。

領一份薪水，就應該當一天和尚，敲一天鐘。你應該去想怎樣跟客戶交涉，老闆期待你能為公司做些什麼事情，應該表現出怎樣的水準，從勞務與薪資中去尋求一個平等、公平的交換。如果你能夠了解這樣的相互關係，就不會一直想著工作很無聊，你也可以多一些學習。

此外，公司裏面總是會有很多的活動，每天都有很多事情發生。其中的參與，可以把生活融入工作，就不會一直覺得工作很討厭。

就算你每天工作，總還是要吃飯吧？你還是會跟別人交談，也會去參加同事的婚喪喜慶，還有過節過年之類的這些事情，都會讓工作跟生活有密切關係。你可以把這些事情跟生產的產品，融入你的生活裏面，這樣子就不會讓工作與生活脫節。

譬如說，你喜歡去法國玩，但你不見得喜歡整理行李，或是在機場的等待、班機delay的痛苦，那些都不是你喜歡的，可是它是必須經歷的過程。我覺得，你可以把它反過來看——去法國是你的人生目標之一，這當中或許會有很多你不喜歡做的事，像是去跟航空公司詢問為什麼訂不到機位、機票突然不見了、或忘了帶護照、飯店出了問題等等之類的。那個過程本身可能不是你喜歡的，那你就把那些事情當成工作，把去法國當成目標。

我再舉一個例子。假如你是個導演，在拍一部電影的過程中，必須要扛很多事情，像人手不夠，導演也要自己去扛那些器具，有時很冷也得拍，有時你要等一個遲到的演員，甚至偶爾自己還得跳下去演。

這些都不是很舒服的事情，但是，這是拍電影的一部份，為了要拍，你就把那些事情當成工作，把拍到的那些畫面，當成你的果實，這樣你心裡就會平衡一些。而且你要了解一件事，不是說人生都只做喜歡的事情，也不是說人生都做很順心的事情。

你的人生一定要有目標。盡管你有再多不喜歡工作的理由，可是讓你還是決定待下來的那個理由，不管是要等退休，等著領薪水，或是等調薪、等升遷，那就是你的目標；就等於是去法國、電影殺青一樣。

到達目標之前的過程叫做痛苦，這個痛苦謂之工作。

你用這種態度去看待，就比較能夠接受工作這件事。去法國是快樂的，電影拍完也是快樂的，和工作相比之下，領薪、加薪、升遷、退休這些目標也是比較快樂的。人活著，不可能只是為了痛苦嘛，但也不可能全部都只有快樂。

所以，如果你可以把工作視為達成目標之前的必經過程，你就可以忍耐這一段時間——在跟旅行社協商的時候，在等飛機的時候，你心裡還是有一個目標。在等的時候雖然很難受，就去看看報章雜誌、看電視、吃個飯，時間還是會過去，最後你還是會到達法國。當到了法國之後，你會很高興，就會忘記旅途中間的不愉快。

不喜歡工作，本身就是一個問題。不喜歡工作的人，應該考慮怎樣去轉換態度、怎樣去改變環境、怎樣去突破能力。在工作的時候最重要的是，你應該要去享受它，把它當成生活的一部份，不要把它想的很負面。

好比每個人都喜歡小孩子很可愛，可是都討厭小孩哭哭啼啼；我們都很喜歡養小孩，卻又很討厭換尿布，這樣的心態就有問題。當小孩哭的時候，你把孩子丟給奶媽，換尿布的時候，就叫老婆來換，這樣也不是很合理，若要求你全部都自己來，你也不見得受得了。所以，你要求取當中的平衡點。

我要說的重點是：你不要討厭你的工作。某種程度來說，你的工作應該是需要有人做，那麼，你為什麼選擇這個工作？既然這麼討厭它，為什麼最後又要做這份工作？一定有它的理由，應該把理由找出來，然後去突破、去改進、去面對，而不是很悲觀、很固執地去討厭這個工作，把工作所有相關的一切都變成讓人很不爽的因素，更糟糕的是除了等老闆發薪水之外，工作沒有其他特別的意義。

我覺得，如果用這種方法來看待工作，人生真是太消極了。

以藝術的眼光來說，這是絕對不可能存在的。

藝術的本身就是突破，就是訓練，就是熟能生巧，就是不斷不斷地練習。在突破的過程中，你必須要很有毅力地去練一樣東西，在這個持續的過程當中，就是一種修行。

要達到藝術的境界之前，它包含了很多一般人不會喜歡的事情。譬如說，你要當一個鼓手，你每天要扛七個大鼓，每次到了一個地方，你要開始組裝、調整、熱身、試鼓、抓節奏；打完了鼓以後，你就開始拆解，然後找到對的袋子，再把每個鼓包起來。你每次都要不斷地做這種繁瑣的事情，沒人會幫你做，你也請不起另一個人來做這件事。

我覺得，這就是所謂的「工作」。

每天上下班，你得打卡，你得跟客人交涉、要跟老闆開會、要跟同事協調，甚至要幫做錯事的同事擦屁股；這就等於是鼓手在搬他的鼓、拆他的鼓，為了等一下要開心地打鼓，你對那些大大小小的鼓皮、背帶都很有情感的，去把它整理好、保養它、征服它，你就不會這麼討厭。

所有的藝術工作裏，都有很多瑣碎的雜事，很多討人厭的事情。以藝術的生活態度來看，這些都是一定要的。這就是一種修為。

譬如說跳舞，你喜歡跳舞，只要會跳就好了嘛？準備服裝就是一個很大的問題。你喜歡跳舞，但討厭去準備服裝，這不行啊，你非得去弄不可。

你喜歡演國劇，那你就要畫臉啊！畫臉要畫很久，卸妝也要卸很久，非常麻煩。你說：「我只喜歡演，但我不要畫臉，我也不要綁頭髮，頂著頭很難受……」有可能嗎？為了要演戲，你就必須要做這些讓你覺得很瑣碎、很麻煩、很痛苦的事，光是弄個服裝、化個妝，常常就可以搞好幾個小時。

像林青霞演白髮魔女，光是上那個妝，每天都得花好幾個小時，弄好才開始演，演完把妝卸了，明天早上再來、再化，頂著那一頭假髮，頭皮都發麻。可是，這是完成藝術所必需要做的工作，有些一定是你不喜歡的——這就是專業，要有耐性地去面對，而且不能有脾氣。這也是一種修行。

我們每個人都有類似的問題，有時候做久了，就會陷在一個無法自拔的困境——如果一個人一輩子的工作都只是在換尿布，或是所有的時間都在畫臉譜，然後都沒演到戲；我想，一定不會有什麼樂趣，而且你也一定不會接受。

怎樣去面對你很討厭的工作？最簡單的方法，是以愉快的心情去面對，把它當成生活的一部份，不要一直把它看成眼中釘，這對誰都沒有好處。在那個過程，你一定要找到一個平衡點，而且一定要想辦法突破。

你之所以願意換小孩子的尿布，是因為你知道只需要換三年。如果你知道要換三十年，大概一開始就撐不下去了。所以，如果你開始要去做那份工作，你就知道它不能讓你成長、不能夠進步的話，我想，那一個工作你遲早要換掉，而且應該要想辦法去突破。

義務教育大家都可以唸，大家都可以學，更重要的是去學習如何學習、去找尋怎樣可以幫助自己更好的方法去突破、去成長，而不是覺得自己不喜歡，然後只會固執地在一邊打腫臉充胖子。

一個人的一生，絕對不會只有一種模式，一定要想辦法去突破生活裡固定的模式。如果不能突破的話，你的命運註定會是不幸的，一定是不愉快的。不管是藝術或是工作，一樣都有進階，如果永遠入不了門，人家會告訴你說：「你應該改行。」

像是你去畫素描，連線都畫不直，永遠沒辦法畫好，你真的不適合畫畫，就不應該勉強自己一定要吃這行飯。如果你真的不能做，不要去勉強，你總能找到適合自己的工作，去培養那份能力，然後有規劃的去學習成長。你必須要在做的過程當中，再求取下個階段的進步，好比企業要發展，個人的工作也是一樣要進步；如果你沒辦法做到這樣的話，在生命裏就是一種資源浪費，就只是在耗損生命、累積痛苦。這不是生命該有的法則，也不是正確的方向。

工作應該是愉快的，充滿喜悅及挑戰的，除了可以有很多的成就感之外，不斷地創造及學習會讓人興奮。我每天都迫不及待地想工作，非常享受工作，一直努力再提升自己的境界，遇到極限再突破，突破又會遇到極限，再想辦法去突破。

一心二十七用

# 之十九 專業形象

Professional Image

我非常重視打扮。雖然，打扮是我個人的風格，但是專業形象、氣質跟精緻的打扮，則有它存在的價值。

如果一個人的穿著、外表很隨便，一定會影響專業形象。一般人還是會喜歡看好看的、整齊的、讓人家覺得專業的。這種專業，每種行業不一樣，像航空公司的空服員有自己的制服，如果公司裏面沒有制服，你應該注重的是頭髮、乾淨整齊、化粧穿著得宜。如果別人都有化妝，你沒化妝就會很明顯，失去團隊的整體感，也會讓自己顯得突兀、不協調。

女孩子是一定要化粧的，因為有很多場合，沒化粧是不登大雅之堂。你也要會穿絲襪，會穿高跟鞋，男孩子也一定要會打領帶、穿西裝、穿皮鞋，這些都是一定要的。

至於所謂的專業形象，現在比較偏向美國風，就是懶人風，講好聽一點叫休閒。但完全把工作跟休閒扯在一起，我倒不是很贊同，畢竟兩件事情的性質不一樣。以藝術的角度來看，分得愈細愈好，愈專精才愈有色彩及味道。

我不太喜歡穿運動鞋、運動服去上班。偶爾穿是無所謂，但如果一直這樣穿，我並不是很贊成。現在工作休閒混合是一種風氣，如果穿休閒、運動服裝上班，其實都可以，但一定要整齊、乾淨，配色或樣式也得注意。上班的穿著應該要給人家舒服的感覺，至少工作要有個樣子；若是把辦公室當成棒球場，實在有些突兀，也少了一種專業的素養。

如果一個人不講話，又穿的不特別，站在那邊就跟盆栽沒什麼兩樣。我覺得，還是要有被人欣賞，看起來賞心悅目的條件。所以，在經濟範圍許可當中，我非常贊成要去規劃穿著的搭配。

如果你衣服的色系、性質、風格可以一起買的話，會比較省錢，如果你有系統的搭配，會減少很多選擇衣服搭配的時間，每次你打開衣櫥，就是要面對這些東西。所以平常應該要規劃好，這也是生活藝術家應該具備的條件，能夠處理生活中許多瑣碎的雜事。

對於上班族的朋友，尤其是對那種不太會打扮、不太會穿著的女孩子們，我有一個簡單的建議。禮拜一到禮拜五準備五套不同的衣服，事先把它排好，然後再多準備一、兩套預防萬一。譬如說，突然下雨或天氣突然很熱，或是有些特殊的場合需要正式的衣服，就多準備一、兩套，這些應該是已經準備好的。每天早上當你起床的時候，就馬上有一套衣服可以換，不必浪費時間去想要穿什麼衣服。

如果常常花時間去想明天要穿什麼，有的人就會挑來挑去、弄來弄去，搞到最後還不一定好看；這都是一種資源運用上的失敗。你應該排好要穿的衣服，這些衣服的配件，包括搭配哪雙鞋、用哪個髮飾、什麼耳環，這都應該先配好。你事先準備好的話，會變得很省時省事，就不會再浪費時間在這事情上。

藝術本身不是一定要用很長的時間去產生，相反的，真正專業的人在製造產品的速度是很快的，每個動作都恰到好處，絲毫不浪費一分一秒。只要你愈精密去計劃這些生活的細節，你的生活就會愈有層次、愈有效率，這是必須要學會的一種美學。

如果你都沒事先想過，突然要參加宴會，要穿什麼才好呢？你就會穿得很難看，或者穿這個也不對，穿那個也不行，浪費很多時間，還把自己搞得很緊張，心浮氣躁，根本沒心情好好享受宴會。

女孩子常會特別在意一些細節，像是耳環或髮飾不對，會影響到她的心情，她會覺得不舒服。尤其像我這樣常常要旅行的人，去到當地才發現沒有東西可以配這件裙子，或是這件裙子就要配那雙鞋子，當你不能配到很剛好的時候，就是一種美中不足。

以藝術的角度來說，藝術是不會妥協的。只要牽涉到藝術，就不應該說：「啊，沒關係啦！這邊少一張，就用那張補下去吧。」藝術領域是沒有這樣的態度；這張照片不行就隨便湊一張，哪有這樣的？沒有那張照片，當然就沒辦法，編輯一定需要這張照片；如果就隨便抓一張遞補，這就不是藝術，這叫做商業（還有可能是奸商）。

藝術，一定是從頭到尾都經過設計的。

我是以這樣的態度在生活，也非常地在乎每天要穿什麼。每過一陣子，我會檢視自己所有的穿著，花時間去試穿、搭配衣服；我會訓練自己了解有幾件衣服該怎麼配，把它弄清楚、想明白，搭配出自己滿意的服裝。

所以，每當我去買衣服的時候，我都會知道自己需要哪一種款式的，我看到每件衣服都知道什麼時候、什麼場合可以用到它。見怎麼樣的人，該穿怎麼樣的衣服，所以，我的衣服是一種工具。

我會把衣服特別歸類，依照不同的氣氛、不同場合、不同心境去分。如果今天需要嚴肅一點，跟董事長見面，或是跟一個重要客戶開會，我會比較嚴肅一點；或者今天是參加朋友的生日Party，就穿活潑一點；要是今天下雨，我會穿得特別明亮，而且化粧會比較活潑。很多人在雨天就刻意穿得簡單一些，簡單到看起來像「鹹菜脯」，還怕衣服鞋子壞掉，故意穿爛一點的，沒有活力也沒有新意。

天氣比較不好的時候，我會穿得比較亮，當我穿得比較嚴肅或暗沉的衣服，反而會是在艷陽天，剛好有點相反，因為色彩上要形成對比。這就像是黑白照片的化粧應該是比較濃的；如果是拍彩色照片，要注意的是同色系或對比，有那樣的味道在裡頭。

另一個理由是心情的問題。在下雨天，通常大家的心情會比較低沉，需多一點的色彩帶來活潑的氣息。至於艷陽天，天公作美替你打光，穿暗色系的衣服反而很有光彩，看起來會很有精神。

以我先生的衣服來說，今天他是要去找律師呢？還是去法院？還是去談生意？我會注意他每件襯衫該搭什麼領帶。

大部份的人也許不太在乎這種事，我是用藝術的眼光來看待它，用美感、舒適的態度來要求它。只要是以藝術的眼光來看，是儘量要求完美的。也因為如此，我非常沉醉於幫我先生打扮搭配的那種美好，也增添了生活的樂趣與品味。

所以，我全身上上下下都是經過精心設計的。我穿衣服並不是禮拜一到禮拜五就固定那五套衣服，為什麼每個禮拜要花時間檢視，就是那五套衣服不會永遠一樣，它的搭配會改變。

其實，我的衣服就這幾件，但每次給別人的感覺都很有新鮮感，好像我的衣服很多，很有變化。實際上，我用的東西幾乎都超過十年以上，我很少買衣服，只有需要及遇到了才買一點，然後可以一直用不同的組合搭配來變化。

我不是一天到晚在逛街的人，但是我很清楚自己需要什麼。有時候，我會看看雜誌，觀察流行趨勢，但是我會把這些衣服都搭配好，然後仔細檢視，經常都可以再創新，每次都有突破。

這個準備工作，尤其是對於那種常趕上班、不曉得怎麼穿衣服的人特別有用。如果真的很急，抓了一套馬上穿了就走，不會每天早上在哪邊搞這個、搞那個。你得花一些時間，去看看什麼東西是需要的，什麼東西不需要。若照我說的這樣做，一段時間之後就會熟練很多，就會有更好的創意，有會有更快的搭配選擇——這就是熟能生巧。

譬如說，女孩子穿什麼衣服搭什麼內衣，穿什麼樣的絲襪搭在什麼樣的洋裝，哪種顏色的衣服配哪種外套，都有一定的穿法。

你常會看到女孩子穿低腰褲時內褲跑出來，除非是故意的，但是，大部份的人都是不小心的。或是你會看到某個女生很彆扭，坐在那邊一直在拉褲子，內褲跑出來，就只好擠來擠去；或是穿的襪子不對、顏色不對，這些都很尷尬。

哪一種配件搭配哪一種衣服，都有它的道理，否則市面上不會有這麼多東西設計出來。這些都必須要去探討。化妝品也是一樣，功能上有不同用途與不同的作用，關於這些知識都必須要懂、要會、要熟練，做起來才會快。

如果你戴手套，手套很注重皮革的質地，用的是軟皮、硬皮、紗的、絨的、毛線的、羊毛等等；手套的樣式、長度，套到手的手腕還是小臂，都有不一樣的意思，用法也不一樣。

戴手套的意思，跟你穿的衣服是有密切關係的。你戴手套是為了保暖、防髒汙或是為了好看的？功能都不一樣，長度、厚度跟衣服的搭配都有關係的。

很多手套的功能有它的意義，但是功能存在的本身，讓人覺得很帥氣。工程師、騎士、駕駛員戴手套是為了工作，但能夠工作的本身讓人覺得很帥氣；譬如騎師穿上專業的衣服，讓騎馬這件事很帥氣，穿上網球裝，讓打網球這件事變得很帥氣。

我非常喜歡這樣的意義跟感覺。我喜歡做什麼就該像什麼。

我是一個顧問，幫人設計如何把日子過得更好，本來就是我的專長。好比有人找我諮詢，她要跟丈夫出去旅行，藉此修護並增進彼此之間的感情，我會幫她把整個行程都研究過，所有的細節設計過——包括坐飛機該穿什麼、那天吃晚飯要穿什麼，第一天是什麼旅遊、戶外或戶內、遇到什麼情況該怎麼應對等等，整個過程都把它全部編好排出來。只要照著這樣走，她先生就會很高興，也讓對方感覺你很出色、很得體、很美麗。

這是我相當注重的生活基本。幾乎所有生活上的細節，我都非常重視。這樣的結果，就是旅遊多了很多的情趣跟質感——先生很開心，晚餐非常羅曼蒂克，皆大歡喜。這就是生活藝術！

就好比說，一個藝術家的一個基本功一定要會，用什麼筆、哪一種墨、調什麼顏色，都有一個標準，絕對不會隨便調一調，研墨不可能隨便磨一磨，拿筆隨便寫一寫，既然是藝術，一定會有一個基本的品質。

如果你不是真的藝術家，你對事情沒有那樣的品味或那樣的要求，那就會很隨便、不會品、不會挑，也不會欣賞。

就像真正在玩管弦樂的，一定會要求樂器的簧片是用哪一種的，如果不是他要的那一種，他不會吹的；琴的品質不對，他不會彈的。不是說他很搞怪或他很跩，而是沒有奏出那麼高的品質，有什麼樂趣呢？本來國標舞是要穿高跟鞋跳的，那你打赤腳去跳，像話嗎？

所以我穿衣服，非常要求搭配怎樣的鞋子、怎樣的裙子，對一般人來說，我真的很難搞，好像鞋跟多一吋、少一吋都不行；所以人家常覺得好像我很麻煩，很「搞怪」。可是我看到他隨便亂穿，我覺得更頭痛！我的個性是每樣東西都很要求，我喜歡穿得很合身，如果太長、太短，我都會去改。

說起來好像很好笑，繁文褥節很多。但是我在想，人家拍電影的即使只是一幕，真正厲害的人會很考究那個朝代的衣服怎麼穿，人家的眉毛怎麼畫——那就是藝術家的精神。

如果以藝術的角度去看，就是有辦法接受；如果不以藝術的角度去看，就會覺得「怎麼會這麼麻煩？」

我個人認為，生活就是一種藝術。我是生活藝術家，所以我生活的每件事情，都要要求這樣的格調，都要要求這樣的精緻。穿衣服是一個生活的基礎，人要衣裝、佛要金裝，品味是絕對必要，有它的價值存在。

你一定要懂包裝，什麼都一定要包裝。商品要包裝，人也要包裝，眼鏡、衣服、鞋子、配備無一不是包裝。

我覺得，學習穿著是一種享受，也是一種情趣，要能要求、認真做到、努力去學、增加品味，何麻煩之有？這是一種藝術的態度，那跟吹毛求疵沒關係，而是表現出來對於生活的執著。

就是因為重視，才會很在乎自己的穿著，給對方感覺重視自己的工作，才會給別人好印象，同時也尊重別人。

你做事情的態度，在這個小地方也會凸顯。穿得隨便，也許不會影響才華跟工作水準，可是對我個人來說，嚴重影響了生活品質。並非一定要穿得很好、一定要吃得很棒，但是應該注重它的品味跟格調。你可以吃路邊攤或夜市，這也是一種格調，但還是應該要求細節，讓它有一個氣質跟風格。

專家之所以專業，因為專精在某個領域。他有特色、有專長，有自己的風格及他自己的創意。因此他應該藉由穿著表現出自己的風格——這就是他的帥氣，也是一種美，一種感動。

一心二十七用

# 之二十 老闆與員工

## Boss and Staff

能夠創業、當老闆的人，必須要有一個很重要的特質——他必須要有非常高的責任感。他要很喜歡責任，很願意負責，要有把事情做好的心，很有毅力、很有擔當、有明確的方向，絕不輕易放棄，而且他要很喜歡創造，想辦法面對困難與問題。這是當老闆的特質。

在實際的方面，一個要創業的老闆，一定要懂得銷售，要會賣東西。他一定要在業務、銷售方面有某種程度的了解，能夠談生意、管理經營；除此之外，他必須能夠去面對「人」的問題。

譬如說，要出來跟人談判，要去擺平事情的時候，他必須要有這種能耐。簡單來說，他一定要會講話，一定要能夠銷售，而且一定要能夠帶人。

在帶領員工方面，要能夠帶心，人際關係要好，也就是具備一般所謂的領導能力，這種人就適合創業。

不具備這些條件的人，若想要創業，會撞到鼻青臉腫吧！因為沒有這樣的興趣及能耐，要去撐這樣的樑，非常不適合，也極其危險。

有些老闆不見得擁有這些能力，可能只具備某些特長，所以就會有合股、合資、合夥這樣的情況發生。

如果個性很被動，很不愛賺錢、很不喜歡去爭取的那種人，不適合當老闆。不喜歡跟人接觸、不喜歡講話、不喜歡熱鬧，這種人也都不適合當老闆。當然啦，他可以開一人公司，可以做網路銷售，還是有一些事業是可以進行的，但在這樣的情況之下，他的面對問題、解決問題、能賺、敢賺、毅力等等這些領袖特質，是很難在職場經歷中磨出來的，也很難真正創造一個團隊、擴大公司營業，或擁有一些數量的員工。

至於當員工的人，就是喜歡簡單、一成不變的型式。他習慣做每天差不多一樣的工作，他不喜歡變化、不喜歡負責任，不喜歡主導事情。人家給他什麼，他就做什麼，他也不喜歡遇到大風大浪，在他的腦子裡，如果遇到危險的時候，他會比較希望有人站出來替他撐腰，這種人就適合當員工。

還有一種人，遵奉的是當軍師、不當君主的老二哲學，他不喜歡做決策，但是他可以執行某些計劃。當老闆決定大方向的時候，他可以幫你理出細節，這種人才比較適合當襄理、副總理、主任、副主任的幕僚人才、中階主管。他不是最主要的決策人員，但是他會參與決策的商討，他懂得如何去撐他的上司、安撫基層的工作人員，在老闆跟員工中間斡旋協調，讓大家各得其所，上下都很開心。

一間公司裡面，老闆、中階主管跟基層員工三種角色的關係非常微妙。

如果老闆搶了中階主管的工作，這些主管會很不高興，因為他的工作就是建議老闆該怎麼做。

如果中階主管變下面的員工，叫他每次都做一樣的事，他就沒得發揮，他也不會高興。

若是叫基層員工去做中階主管的工作，他一定會覺得頭很大，因為他比較想趕快下班，回去看小孩。

叫中階主管去當上面的頭，他會怕得要死，或是壓力太大了，他會覺得撐不住，很喘。所以，把這三種人的位置對調，都不太適合。

這三種人有各自的特性。那麼，你是哪種人？你適合哪種工作？由不得你不要，以藝術的眼光來說，那一幕、那一道光線、那一個燈該打在哪裏，它就應該出現在那裏，以功能性來說就是這樣。如果你要照個相，要在戶外拍或是拍棚內，打燈要怎樣打，都有一定的規則，因為各種燈的設計規格，就是符合某方面的特定需求——好比主角有主角的戲，配角有配角的位置，你沒有辦法不去遵循這樣的法則。

有些人在自己的工作領域已經達到熟能生巧的境界，就應該去練習提高自己行情的能力。你要怎樣把自己作品的行情提高？你怎麼樣去找比較高價位的工作？在高價位的工作裏面，去找出一個市場裏面沒有的東西，然後去創造出這樣的東西，再塑造自己的品牌與價位，然後創造人家來買的需求。

這是最有建設性的加薪，自己給自己加薪，不是等著老闆給你加薪，等老闆來跟你說：「原本你做出一件產品可以賺兩塊半，那現在我給你調到兩塊七毛五。」，聽了就覺得難受，因為事情不是你主導。你應該要有更好的能力，跟老闆說：「我做了這個產品，一件是七塊錢，我能夠給出別人沒辦法做到的服務。」你要先有這樣的能力，而且你要敢，要有這樣的自信，然後就放膽去做。

不要在那邊計較兩塊半、兩塊七毛五的差別，你有能力就是開口要七塊，他自己會評估，感覺值得，就願意買你的帳。因為你可以用三分之一的工作量獲得三倍的錢，提升工作品質，永遠要去想這樣的事情。

不管是老闆或是員工，一樣都需要進步成長，要不斷地提升到下一個境界。只要是藝術，就沒有停滯不前的狀態，也沒有保持在同一個階段不再改進的。

因此，當老闆的人要一直研發創意，且要能夠領導員工到一個該到的地方，提升到一個更好的境界，一個正確的方向。而員工要突破自己，本質學能更熟練，要能累積經驗、精益求精，不斷地突破極限。如此一來皆大歡喜，每個人都是贏家，員工老闆相處愉快，感動不斷。

一心二十七用

# 之二十一 錯誤

## Mistake

我們在生活當中，常常會有錯誤的資訊、錯誤的判斷，得到一些錯誤的結果。這是沒辦法避免的事，只要有在做事，就一定會發生問題，沒有人能夠永遠不犯錯。

你要習慣這樣的誤判，從錯誤當中去學習，而且要能夠發現誤判的地方，從這個錯誤當中去修正。如果你找不出來，永遠都不會知道錯在哪裡。很多人就是因為怕被改正或是怕錯，他不敢講出自己的問題，到最後他連看都不去看了，也就永遠沒有修正之時。

如果你要學習的話，這就是一個成長的心，也是一顆藝術的心。懂得藝術的人會要求完美，會一直再去嘗試，如果不去試的話，沒有辦法知道最後的結果。當你常常去試的時候，一定會遇到錯誤，一定會遇到失敗；不管你是當一個領導者，去照相，或是去畫畫，如果錯誤遇多了，自然就知道該怎麼做，然後就會改過來。

那怎樣才知道錯誤？有些人永遠不知道自己為什麼誤判，也看不到自己的錯誤，就是因為沒有目的、沒有目標導向、沒有產品觀念，所以就算誤判了也不知道問題出在哪裡，還誤以為就是這樣，又不願承認自己的失敗，只會怪東怪西。

為什麼有些人誤以為這樣，竟然還一輩子都沒辦法發現錯誤？這就像一個女孩子的個性非常跩、非常傲，當然永遠沒有辦法發現錯誤。因為她的判斷是誤判，她以為這樣子可以贏，她以為脾氣這樣子拗，人家不在意。等到她結婚之後，她就發現先生會抱怨，發現小孩子會頂她，她就會發現自己很痛苦，然後她就把這個東西歸咎是結婚的問題——不是！是她從小就這樣，跟結婚無關。

這樣的女孩子，當她遇到她先生時，問題就會凸顯。如果她沒結婚呢，一輩子都會繼續誤判下去，一輩子守著她的錯誤，就是只能這樣，一輩子只能是一隻井底蛙。一個不成長的女人，她可以一輩子說：「反正，天底下的男人沒有一個是好東西！」，然後她可以這樣過一輩子。

很明顯，這是誤判。但是她心中「男人都是壞東西」的觀念，對她來說挺好用的，所以不管她怎麼看，反正男人就是可惡，全都該死。所以她不會去結婚，她覺得這樣也很合理；是男人不好，所以她不會選擇結婚的。

沒有成長、沒有研究、沒有進步的人，當然會誤判這個盲點；這個盲點是沒辦法突破的，會永遠跟在你身邊。但你跟別人在一起的時候，一定會出問題。

就好比在音樂上來說，你是一個鼓手，卻一直把節奏搞錯，而你永遠不知道，也不認為自己有錯，那現在整個樂團的人要出去比賽，大家都是生命共同體，你就完蛋了。

大家都吹一樣的調，你一個人「咚咚咚～」地亂敲鼓，別人就會看你，「喂～老兄！你打錯了！」，「你怎麼放炮啊？」，可是他不知道他哪裏有錯啊！如果有錯，是不是應該要有人去告訴他？

在音樂領域裏，我們就靠練習來找錯誤。所以演奏一定要練習，與人合作及合奏，不斷地排練，就會發現更多的錯誤以及可以改善的地方。

為什麼藝術的境界這麼迷人？因為它要精益求精，所以非練不可。沒有那種不練就會很厲害的事情。生活上也是一樣，你一定要練。

可悲的就是，平常人都不練。不練會怎樣？大家是生命共同體，要死就一起死，你不練習就完了，等於是什麼都沒了。公司所有的生意，大家在一起的夥伴，最後全死光了，每個人都很怨。後來團隊就不見了，就算換了一個團隊，還是沒練到，下次他還是繼續放炮。

你在社會上，常會看到某些人很有才華，可是就是不成功，一輩子「懷才不遇」。老實說，並不是他懷才不遇，而是他的誤判一直沒得到糾正，所以他才會一直不對勁；如果他得到糾正了，「懷才」馬上就會遇到貴人，馬上被人家搶著要。

在音樂、畫畫、拍電影這些領域裡，因為可以練習，可以看到進步，可以突破。組一個樂隊，你是鼓手、我是貝斯手、他是唱歌的、還有一個是吉他手，那我們就可以練習。

那在人生裏面，該怎麼練呢？練什麼呢？沒人跟你練習，因為沒人知道要怎麼練習，要練什麼也沒人知道，而且你要找誰練？比方說你遲到了，那要怎樣練不遲到呢？你沒辦法練就會有誤判，誤判之後一直放在心裏，因為一般人都不愛講出自己的錯誤。

既然沒得練，那還要改進，不就出問題了？所以就會放炮，一直放炮。那放炮多的人，人家就把你fire了，哪可能跟你說：「你放炮了，來改正一下，咱們來練習吧！」

不可能。你只好到下一個團隊去。因為你的誤判，你的思想本來就是錯的，就像一台本來就故障的計算機，或是安裝錯誤程式的電腦，去到哪裏都是不能用的，就會這樣一直誤判下去。

很多人到四、五十歲才說：「千金難買早知道啊！」、「啊～我今嘛哉呀啦（台語：我現在知道了啦！）」，當初是錯在哪裏，終於了解了。那你得要學快一點，先把這些學起來，如果沒有學的話，往後的人生一定會出問題。但是，不用擔心，這些都是可以學的。

「多做多錯，不做不錯。」為了進步成長，為了發現錯誤的最好方法，就是選擇「多做多錯」，才能一直發現錯誤、一直改進、一直面對、一直修正。這樣就會不斷地減少誤判，才有機會越來越好，也同時改掉未來的噩運。

發現錯誤，是一件很可貴的事。藝術要在能更好之前發現錯誤，看出哪裡不夠好，找出哪個地方誤判。不要怕認錯，錯誤就是轉機，可以帶來更完美的境界。

生活，要在「多做多錯」下尋求突破，然後再做不一樣的事，再發現不一樣的錯。這就是生活的藝術——精益求精，好還可以更好！

一心二十七用

# 之二十二 應對不講理的人

## Deal with Unreasonable Guy

在團體裏，多少會遇到一些比較不講理的人。要跟不講道理的人講道理，必須要知其可為跟不可為，你要知道進退。

有些時候，你要懂得算了，不跟這樣的人計較；有些時候，你必須退而求其次，要懂得如何去圓場。藝術境界所要求的是去蕪存菁，不好的都要去除掉。

以插花來說，一朵凋謝一半的花該怎麼處理？就是把它丟掉，藝術全部要求的就是這樣。一個主廚想把菜煮好，爛的部分都得切掉，頭也去掉、尾也去掉、不好的都削掉，他只用好的材料。好的生魚片為什麼這麼貴？你可以注意看，一條魚從頭到尾切下來的部分，他給你的每一片，都是這麼地漂亮。

團體裏面不講理的人，就是那個該被剔除掉的人。以藝術的境界來說，他是不應該存在的，就像要出特勤的飛虎隊，怎麼可能會有一個老弱殘兵？我們在電影裏常看到一個精英的團隊，為什麼到最後全部陣亡？因為突然有一個人發瘋，突然有一個人不按牌理出牌，改變了整個行動的方向；換句話說，就是有人背叛，有人不講理。

至於要怎麼樣才能把一個不講理的人變成講理？這是明知不可為而為，死馬當活馬醫。

但是，在生活裏面很難避免跟這種不講理的人相處。生活的藝術跟真正的藝術是一樣的，一比較之下，就曉得哪些是優質的東西，哪些是劣質的東西。劣質的東西硬要拿出來用，一定會出問題；賣東西的就變黑心商人，態度差的就變成爛人，對不對？

如果在路上碰到爛人，有話好說就好了，不需要得罪他；如果在家裏的岳父、岳母或是公婆是這種爛人，那就得要跟他談一談，大家找出一個共同的平衡點，彼此互相做一個調整。如果真的談不攏的時候，就要保持距離以策安全，他有危險性，你就要保持距離。

如果是在公司裏面，這種爛人一定不能參加重要專案，一定不能當高級幹部，也一定不可能獲得升遷。要把這種人調配掉，讓他知道問題出在哪裡。

一個真正會做事的工作者，當他知道他有這樣的問題的時候，他一定會改，因為他知道事情的嚴重性。可是如果他很不講理，或是他仗著自己是老闆的女婿、老闆的兒子，或者他就是老闆的親戚之類的——沒解，這不必再研究了，了解嗎？

一般人就是一直想去研究這樣的事情該怎麼解決。老實說，這不必研究，因為壞的就是壞的，沒什麼好去研究，因為他不按牌理出牌，一手爛牌就一手爛牌，沒有人說：「喂～你幫我看看，我這手爛牌，要怎樣打才會贏啊？」這種事太強人所難。

就像說，拳擊手的手臂傷了，那要怎樣繼續恢復以前的成績啊？如果他的手臂真的完蛋了，職業生涯就結束了啊，你要怎樣要求受傷的運動員非打不可？藝術裏面沒有這樣的事情。你可以另外規劃人生，但是你沒辦法繼續打棒球，人生就是這樣。

人生，要敢愛敢恨，拿得起，放得下；不是每件事都要如意、都要完美的。如果不能改進，你自己要能夠警覺，這是一條死路、一局死棋，必須要明白了解這件事，不要鑽牛角尖。

最糟糕的是，如果這個不講理的人是你自己，那可就真的慘了。

如果你自己是個不講理的人，那你是否能夠將心比心，觀察你身邊的人有多難受？而你就是那個人家要淘汰、要切割關係的爛人！

人要有自知之明，要能夠檢視自己的問題。你到底是不是那個不講理的人呢？如何應對這個自己呢？

要誠實面對自己，好好思考，仔細觀察身邊朋友的表情，聽他們說的話，這樣就不難發現自己的不講理在哪裡。當你知道自己的問題之後，放低姿態、誠心誠意地跟對方溝通，人家就會告訴你你的毛病。千萬不要辯解，人家才有辦法真正地告訴你你的問題，你才能找到盲點，才有機會可以改進；如此一來，你就不會再是個不講理的人了。

當你能夠講理，就不必擔心應付不講理的人了。

一心二十七用

# 之二十三 進退

# Advance and Retreat

在工作環境裏，常常會遇到自己身邊的人缺乏道德良知，但身陷其中無法自拔。很多人不確定自己該不該離開，或是什麼時候該離開，心裡並沒有一個基準。

但是，有一個點是可以觀察的——

你的看法夠成熟了嗎？

你看得到這其中的危險將要發生了嗎？

你是不是要繼續待下去？

你是不是要跟這些不對盤的人在一起過下去？

如果你能看到，就應該馬上走。如果你看不到，你就會拖，可能三年，也可能十年，甚至是一輩子，就算再換個工作，還是一樣身處險境。基本上，你看事情觀點的成熟度，決定了所有的出發點。

什麼時候該離開的那個點，完全在個人。

沒有一個人能夠說：三吋、一百步或三小時，沒這個東西。是這個人看到的事實，加上他的勇氣，這關係到個人的察覺力。

這是第一步，觀察。

第二步，你的決定，要不要活著？你已經知道你要死了，是勇敢地慷慨就義去赴死呢？還是要懸崖勒馬，把自己抽離出來？

第三個，行動。要不要行動，完全在個人。

所以，為什麼同樣的事情會一直發生，大家有不一樣的命運？就算你看到事實之後，有沒有人支持你、鼓勵你，還是有人把你推下萬丈深淵？你要看看身邊的人有哪些動作，因為你會受到身邊的人影響。

舉例來說，爸爸出了車禍，成了植物人，在床上癱瘓多年；兒子覺得為了讓爸爸解脫，應該讓他安樂死，媽媽卻堅持反對，絕對不可以！

又譬如買股票被套牢。老公說：「不行啦，快要完蛋了，趁還有一些價值的時候趕快賣出去！」老婆卻說，「不行，還沒漲，沒有賺之前我絕對不賣！」好，再等就全毀了。

那女孩子應該趕快嫁人的，她卻要堅持再等一等，後來就和男朋友吹了，不知不覺就過三十歲了。

這些都是個人的行動力，觀察、判斷、決定，加上你是不是真的有勇氣抽身出來。

若你看過電影「神鬼認證（Bourne Identity）」，主角環顧四周，一看苗頭不對，就得趕快跑了——三十秒內一定要離開，拔腿就走！如果笨一點的，就是三分鐘還待在那邊，敵人來了，要跑根本來不及，就被逮到了。

所以，對於環境危機的敏銳度，是一種相當高的藝術。

藝術家就是絕對要具備那樣的敏銳度，不管作詞、作曲、編曲、電影，他對於觀察的敏銳度，他看到事情的角度，決定所有藝術的價值。

有的人一看，危險～跑啊！應該要跑。也有一種人選擇不跑，就是爛戲拖棚，明明戲已經到達高潮了，觀眾已經心驚膽跳，已經滿足了，嚇過了、感動了、哭完了，他還是要繼續讓你哭。這麼一拖，觀眾哭不出來了，就是爛戲拖棚，拖太久。

好的戲碼，應該點到為止——觀眾哭了，砰～換鏡頭，給他一點恐懼，再換鏡頭，這樣才會高潮迭起。但是有的導演的拍戲手法，步調拖的太慢，精彩度就沒了，反而變成二流的水準。

為什麼會有一流的導演、二流的導演？就是拿捏敏銳度的水準。導演在剪片子時的每一刀，都是為了去蕪存菁，而且要讓節奏明快，讓拖戲的部分拿掉。

這就是一種掌握精確的能力，知道觀眾要什麼，才能給出好的產品。

用藝術來看人生，真的是很有趣。為什麼我要做生活藝術家？因為藝術就是美，就是好，就是精，讓你覺得精彩，也是精確、也是驚艷，不一樣的「精」，那個精確度拿捏到讓你嘆為觀止。

我們常看到政治舞台或是明星，該退隱了、見好就收之類的動作，這就是藝術，這是非常高深的學問。厲害的人，他的明星路程什麼時候該收手、什麼時候該復出，每一步都很漂亮，讓大家覺得這個舞台有他在，真是太棒了，就算他退隱了，也留給人們無限的懷念。

但也有的人每一步都做的很難看，到最後想要走都走不成，因為被玩到爛掉了、壞掉了，觀衆根本不稀罕你是否存在。

在音樂來說，藝術就是大聲、小聲、慢、快，這個東西決定在指揮家的判斷，什麼時候收、什麼時候放，哪些地方該抑揚頓挫，就是他的判斷。

在人生裏面，什麼時候該跳槽？什麼時候該轉職？什麼時候該結束不品格？什麼時候可以跟對方攪和攪和……這也是個藝術。

有時候，和對方攪和也是必要的，這也是一種人生的樂趣。就像聊天沒什麼目的，就是隨便聊一聊而已，或是電影會突然拍一下河流、拍一下海洋的場景，沒什麼劇情，可是必須要有這樣的喘息。

那生活裏面，偶爾的攪和是沒問題的。但是你能攪和多久？鏡頭帶到海洋一下，感覺很好，可是整部片都在拍海洋，那觀眾會說：「我是來看海的，還是來看電影的？」這是過與不及之間的問題。

一般人對於拿捏的分寸比較遲鈍，遲鈍的人就很難成為藝術家。要成為藝術家就不能遲鈍，至少在專業、表現、創作裏面，一定要詮釋出作品的意思，一定要表現出他專屬的美感。若你在那邊搖搖欲墜、晃盪晃盪、神智不清，這不是藝術！

藝術家一定是清醒的，一定是有意識的。

你在指揮的時候，要大要小完全是由你決定，不能無意識，不能讓團員自己決定，如果你不能決定，就是爛的指揮家。所有的時刻、每一個角度通通都要經過計算，有意識地讓它變成藝術。如果在那邊攪和攪和就沒意思，沒意思就無意識，無意識就破壞藝術。

藝術就是要精、要巧，每一個東西都要非常明確。除了訓練之外，氣勢也要強，決定要走就馬上走，這就是氣勢。這一步很瀟灑地踏出去，揮一揮衣袖，不帶走一片雲彩。但是你要很有意識地決定：好，我要走。這就是氣魄。

所以，有些藝術家給人一種宏觀、給人一種氣魄。雖然鑑賞者並不一定認識創作者本人，但是產品、作品透過時空，表現出藝術家的氣度和宏觀，也表現出藝術家本身的生命力及吸引力。

生活藝術家與一般人不一樣的地方，在於讓生活的寬廣度改變，讓生活的深度、耐力、震盪力、承壓力相對地提升，這也是一個生活藝術家跟藝術家不同的層面。一樣是藝術家，只是用的材質跟表現的手法、方式不一樣。

生活藝術家的藝術，一切都在於生活裏去展現。生活的那種愜意與優雅的境界，也要看得懂的人才能體會。對於山水風光、四季變換、對人的氣度、生活的熱情、對藝術的執著，都要在一種心境裡面去呈現出自己的風格。

當你有了這些素養、這些熟練的敏銳度，在進與退之間的勇氣與抉擇，就會更俐落精確，這些行動就是一種生活的藝術。一次次的練，一而再的學習，不斷地創造，一再地突破；隨著時間的延續功力就會提升，就可以達到更高一層的藝術境界，創造出更令人驚豔的絕妙佳作。

一心二十七用

# 之二十四 賺錢與借錢

# Making Money and Borrow Money

賺錢，基本上是一種能力，你用腦力、勞力去賺取能夠跟人家交換的產品、物品或是感情。「錢」只是一個物質上的代號，但是有很多東西你可以賺到，那個東西可以產生錢。

譬如說，人脈。賺到人脈，後面就會賺到錢；賺到人際關係，賺到人緣，就可以賺到錢，這就是一種「賺」。賺，就是靠能力，憑你的本事，用你的心力、精力、智慧、才華製造出來的產品，去跟人家做交換，這是賺錢。

至於賺錢的訣竅呢，在於你怎樣去宣傳，怎樣去推廣、怎樣去延伸、怎樣去製造它的影響力、讓它迷人、讓它轟動，讓很多人都可以體會到。你的魅力、吸引力，這件事本身會賺錢。

至於借錢，情況有兩種。一種是為了賺錢去借錢，為了生產而借錢，這算是投資，或是一種集合資源。

如果你是因為自己很淒慘、沒有飯吃而借錢，這又是另外一回事。如果你已經山窮水盡了，要去借錢來吃飯、過日子，這代表一個警訊——你目前的狀態很糟糕。

你去借錢，為什麼要借？借來做什麼？你借了錢之後，有什麼打算？如果你有理想，那麼暫時借錢度日也無所謂，但是當你在借錢的時候，自己要瞭解為什麼借錢，借錢的理由不一定要對別人交待，但是你自己一定要明白。

藝術就是知己知彼，全部都要很清楚，藝術就是一種表達、一種創意、一種希望被了解跟要了解別人的力量。

借到錢之後還有一個重點，就是該怎麼還？你有什麼計劃？在這當中有個很關鍵的重點，就是前面提到的「誤判」——他以為他可以還，誤判了自己的情勢，整個人生就黑掉了。他誤以為他可以付出這筆錢，卡就拿去刷一下、刷兩下，這麼一刷，怎麼樣也回不去，最後變成魔鬼、變成豬八戒，裏外不是人。這就是誤判的結果。

在借錢之前，你要很清楚為什麼借？怎麼借？怎麼還？你要曉得運用這筆資金的來龍去脈。這當中有很多不明確、不知道的答案，是一定要先計算過風險的。不確定的人生就像一場賭局，所以借錢去賭一賭，但是你能賭多大呢？不是賭多大的問題，而是賭多盲目。

就好像說，結婚就像是在賭。有的人會說：「娶妳，這下我賭大了。」但是，賭多大？你的風險有多大？這就是借錢真正需要考量的東西，這些都要計算，要精心設計；就像打造一件藝術品一般，要用心思考。

有時候，因為借錢的關係，你的責任感會相對提高，這是一個正面的方向。所以，很多人認為借錢不好，這種想法不一定對，就像你決定去買房子，同時就會計畫付房貸，也等於是一種借錢。但是如果買了房子，每個月付房貸像是要你的命一樣，你就不太適合買房子。

可是，也有一種人在買了房子之後，他變成收入提升三倍。有責任感的人，借錢對他來說是增加生存指數；沒責任感的人，借錢就會讓他的生活跌落谷底，變成永無止境的惡夢，一直被負債拖著走，然後他就很歹命。

所以，如果是你要借錢給別人的時候，你要先聽這個人到底有怎樣的決定去做這件事情？他願意負多大的責任？他做了怎樣的規劃？這些你要先了解。

至於借錢，怎樣能把錢借到，才是問題的關鍵。

要去借錢這件事，你要知道目的是為什麼。你不需要很悲傷地認為你的狀況很糟，也不需要讓對方覺得你很可憐，好像走到窮途末路，也不需要覺得很難受，去受別人幫忙……這些觀念、資訊、思想，都是錯的。

借錢本身只是一件事情、一個創作；你要想的，應該是怎麼把這件事情藝術化，如何把它變成一個完美的作品。

你本來就應該需要被幫助，應該要去為你人生賭一下，本來就應該要去嘗試、本來就應該要去找尋資源。錢是找來的，所以你要去想辦法，你自己去判斷之後，然後去得到這些資源，是很正常的。

至於你怎樣借到錢的訣竅，變成是一個計劃、一個具體行動的呈現，你要如何能讓銀行會信任你？要怎樣做，你的債主會欣賞你？你可以先想一想，一個看起來怎樣的人，別人會覺得你值得投資？這個就是借錢能成功的關鍵。

這個關鍵在於，借你錢的人跟你的關係有多好，你們之間建立起來的信任，你跟他之間的溝通，彼此了解到什麼程度。借錢很有趣的地方，是因為在這個過程中，你會發現永遠是柳暗花明又一村，總是有另外一個世界；借錢的時候，是一種勇氣與自信的突破。

對一般人來說，錢就像身上的一塊肉一樣，拿錢就像在割肉，非常刺激。所以借錢本身，是一種魄力跟成長的表現，也能讓你體會到人情冷暖，這也是額外的收穫。

有時候，跟別人借錢也是一個經驗，看大家對你的信任程度有多少，也看你這個人到底值多少錢。人家願意借你多少？你借得到多少？這都是在這物質宇宙裏面，證明你自己的實力。

電視裏面的reality show就有這樣的內容。就像說，一群人參加比賽，比的是在馬路上賣熱狗，你可以見到有人就是有本事叫他的朋友從法國飛過來，到馬路上買五千美元的熱狗再飛回去；那他最後贏了比賽，你有什麼意見嗎？他有這種朋友啊，你有嗎？那你有多少朋友？你能借到多少錢？銀行借你多少錢？你跟他是怎樣的交情？這都是借錢裏面，某種程度可以用來衡量身價的地方，以不同的尺度衡量你的名聲多高、你的聲望多重、人緣有多好，測量身價的方法之一，就是借錢。

借錢是個非常有趣的藝術。有時很難，有時頗容易，有時很情緒化，這當中造就出怎樣的藝術作品，就看個人功力如何。沒練過的人當然不會知道，也永遠體會不到它的刺激啦！

那麼，在這種事情裏面，就是看你平常跟誰在一起。龍配龍、鳳配鳳，你跟誰借多少？如果跟很有錢的人借很少的錢，那當然，對他來說微不足道；如果你跟不太有錢的人借很多錢，那也很不簡單，他真的對你很好，關係真的很不賴。

你究竟是誰？你要借錢做什麼？你要借多少錢？你要找對他有真實性的事情，然後給對方真誠的溝通，就應該會借得到——如果你跟他交情夠深。

在借錢的對象當中，你是跟家人借？還是跟親戚借？跟朋友借？跟同僚借？我覺得最高境界，是跟陌生人借。一般跟陌生人借，就是只能贊助或資助，或是銀行、信用卡的方式。可是，有時候明明非親無故，你也可以借得到，有人就是會借你，就完全看你怎麼去講。

那個竅門，是你能不能抓到你跟他的共同點，找到他能接受的一個理由，你能不能說出一套計劃，讓那個人可以買單。

所以，什麼叫做「找大企業贊助」？大企業贊助，就是看你怎麼談。只要你談得下來，就算是陌生人也會資助你，他願意投資你，甚至把錢捧出來給你用。你也可以申請，有很多的公家機構跟福利基金會，你有沒有那個本事能拿到？取得資源的關鍵，就在於你的能力、你瞭解對方多少、提出的計劃、你的說詞、你的包裝、你的idea等等。

這些東西，通通都可以練的。

要把借錢涉及到藝術的境界，你一定要練，有很多東西都可以練。我主張大家天天練，這樣就會有錢，就會賺錢，一定會有產品。借錢是一種人生應該具備的能力，但人生最實在、最基本的能力，還是要會賺錢。

賺錢的能力一定要高過借錢的能力，因為生產是令人愉快的，有生產才能激勵人心、帶動士氣；不斷的生產就可以不斷地提升生活品質，這樣才會有美好的將來與真正快樂的人生，成為更傑出的生活藝術家。

一心二十七用

# 之二十五 旅行

# Travel

旅行，成為我生活中另一種觀察世界的角度。

生活藝術家的境界，既要入塵俗，又要超脫庸俗。不曉得的人，常不知道我在幹嘛。我是專業的顧問，我要從美國回來台灣開會、工作，那是我生活中的另外一種藝術，可是我又要跳脫出工作的範圍，走在馬路上觀察現在景不景氣，看看路上有沒有人在吵架，我要去挖掘這個東西。

我的生活這麼多元，一下去歐洲，一下去印度，表面看起來好像到處在玩，有事沒事去全世界不同的地方跑，甚至我還跟我老公約法三章，每年都度蜜月。怎麼個度法？就是今年你講一個國家，隨便哪一國都行，明年換我講哪一國，說到哪裏，兩個都要一起去，不管你多討厭你都要去。

像他講非洲，我不喜歡，但還是得去；我講歐洲，他也得去，我們每年都這樣。我們兩個都是公司的執行長，但每年都會有一些小旅行跟大旅行，這種事情很重要，而且你一定要常常去看一些你從沒看過的東西。這就是生活的突破和歷險，也是很好的挑戰與學習，更是創造生活藝術的好機會。

每一次我回到台灣，我盡量都會排時間去看歌劇、話劇、音樂會，管他表演的好或不好，我都會去觀賞。看到好看的，有好看的收獲；看到不好的表演，還是會有不好的心得，人家敢演我就敢看，所以根本無所謂。

我也一定會看很多電影節的電影，我也一定會去夜店，我會去跳Salsa跟Tango，然後會做一些跟年齡不相干的事情，偶爾我也會好好打扮裝一下，聽聽音樂、看看別人在幹嘛，每天呆呆的，就只有我一個人，去台北的大街小巷晃一晃。有些地方，如果沒有一些特別的資訊或有人告知，你根本不會知道。

有一天，我去一個餐廳，結果搞了老半天，它是在通化街夜市附近的一個小餐館，它那裡每一個月會有一天特別舉辦聚會。如果你不是那個團體的人，你根本就到不了那個地方，幾乎不可能發現。

那一天的聚會，我就在那邊觀察到底哪些人是國外回來，哪些人是從哪裏來的。待在那裡的人也非常有趣，有各式各樣的人講各式各樣的話，會有很多和平常不一樣的感覺。

我常常飛很多國家，剛剛才發了一個e-mail出去，跟我的助理通知等我回LA處理完事情之後，要馬上飛紐約，去紐約幹嘛？做三件事。

第一個，就是在那邊發呆，放鬆，睡覺。很有趣吧？不在家睡覺，要去紐約睡覺。

第二個呢，就是去那邊看百老匯（Broadway）秀。看什麼不重要，亂看，買得到票就去看。反正這個時間去不一定有票，買什麼看什麼。

第三個，就是去紐約的夜店逛一逛，然後去跳舞。

去那邊白天要睡覺，因為夜店要搞到兩、三點，隔天要睡覺啊，否則身體會受不了。我跟助理吩咐訂機票，哪天秀場有票就哪天去，哪間旅館離秀場近，離要去的夜店近，就在那邊訂Hotel。貴一點沒關係，住好一點的品質，不需要這麼麻煩，省不了多少錢。

除了去夜店，我還要跟我老公去一個農場，去看如何飼養有機牛、生產有機奶、種植有機草。他們的生奶就直接喝，不消毒的那種奶才好，現在全世界很少，就只有加州法律允許。你有機會應該要去看，看這些健康的牛是怎麼活的，不然你怎麼知道？

我的生活，就是這些事情。

在我這個年紀，這個職位，還是要去讀書。我這次回去要唸一門管理課，我就跟我的職員們說，「下次回來，我會比現在的我更厲害！」沒錯，因為「進步成長」這件事，就是我在做的事業。我回去要減肥、要作臉，很多東西都是基本持續要做的。

我也會做一些探討，探討現在高科技在做些什麼事，現在最流行的究竟是在搞什麼東西。我老公常會跟我講一些新的資訊，也會激發我的一些想法。他剛從印度回來，後來又去了杜拜，雖然我還沒有去過，但我會問他現在那邊的狀況怎麼樣。這個就是我的生活，有很多東西要去看，要去探索。

外人不太知道，看到老闆常常不在，以為老闆好像都在玩，我聽起來還滿諷刺的，很好笑。可是如果你不去到處走走，哪會有什麼想法呢？這就是生活中非常重要的工作。你要常常去外頭的餐廳，才看得到世界發生了什麼事，要深入去觀察人情世故，而不是要躲在角落一直賺錢。

旅行的樂趣，很難一語道盡。對於像我這種生活忙碌的工作者來說，旅行可以讓我轉換空間，遇到許多人生第一次的經歷，碰到不一樣的陌生人，還有許多沒見過的新鮮事。不管是對身體體能的挑戰，或是心情上的轉變，可以讓自己不斷觀察，並維持高度敏銳及機動的步調，去挑戰自己的極限，非常刺激。

我為工作而旅行，也為旅行而工作，旅行對我來說是快樂的，也成為生活中的一項藝術，多采多姿，變化萬千。也因此，在旅行過程中我訓練出不少的能耐，也累積了相當多的心得與經驗；每次都有意想不到的激盪，每一次都有特別的新意。

一心二十七用

# 之二十六 萍水相逢

# Meet by Chance

和陌生人接觸，那種萍水相逢的感覺，是一件非常有趣的事。

有時候，我會一個人跑去夜市裡吃吃東西，跟隔壁的小姐聊聊天，我跟她講她點的那一碗看起來很不錯，她就會問我要不要吃？然後去夜市裏面跟店家哈啦，打聽看看最近誰新開張啊，誰關門大吉啦，像這種事情非常有趣，實在是好玩極了。

有一天我去洗頭，我看到了價目表比我知道的行情貴了一點，便問店裡的小姐說：「哇，你們漲價多久了？」她告訴我，他們漲了十塊錢，七月一號開始漲。

我就問她說，漲價以後生意怎麼樣？

她說：「唉！生意極差！」

回來我就研究這件事。其實他不應該漲，就算洗頭只漲了十塊，客人就會走光，生意竟然一落千丈，為了賺那十塊錢損失了上萬元，得不償失。因為客人很敏感，除非原物料漲很多，否則只為了賺那一點點小錢，最後變成沒人來光顧，就真的划不來了。

我就覺得，那老闆的決策方向出了問題。民生物資在漲價，經濟蕭條，服務業應該要降價。像這樣的情況，你要出去看才會有想法，才會知道這個世界發生了什麼事。光看報紙、電視新聞是不準的，你一定要親身看到實情才會知道事實的真相，要不然就會跟不上時代。

有天我去買雙鞋，看到有一個小姐在試穿。我跟她說：「妳穿很好看耶，我從來不穿這種鞋，我以為我不能穿，不過看你穿很好看，我也來穿穿看。」

後來，我們兩個各買一雙一模一樣的鞋。我請我的助理追過去，給她一張名片，那位小姐很熱心的也給了一張名片回來。她是從事高科技產業的，水準很不錯。

我就跟她說：「妳應該買兩雙。這平底的走路穿，高跟的呢，相親用！」她就真的多買了一雙！我心裡想：「哇！這個小姐的質很好，我可以幫她作媒呢！」而且兩個人都很開心。

我也跟老闆說：「老闆，你要算我便宜一點啊，我幫你多賣一雙鞋耶！因為那個小姐本來只要買一雙，我鼓勵她買兩雙！」

老闆就說：「啊，不然下次你們兩個來，都算你們便宜一點。」

後來那個小姐離開了，老闆就問：「咦？你們不認識喔？你們不是朋友喔？」

「不是，我們完全不認識。」

老闆就很驚訝怎麼會這樣。後來我也跟老闆買了鞋，老闆也很開心，希望我下次再去，會特別給我挑好鞋，給我好價錢。

生活就應該是這樣。要出去玩，要廣結善緣，到處跟人家隨興哈啦；就算不認識的人，連碗裡的雞肉都可以分你吃一塊。

當然，我在幫人做諮詢、給予服務的事情上也學到一些東西，也是一個付出；但除了這些之外，還是要出去看看Waiter、Waitress在幹什麼，理髮店在幹什麼，通化夜市早上在幹什麼，看看人家饅頭一個賣多少錢。要到處去看、去親近環境、關心路人的需要，去了解陌生人的感覺等等。

所以，我一個人常晃啊晃的，我對生活裡所有發生的事情都很有興趣。因為我過的是藝術型態的生活，非常即興的，什麼時候會發生什麼事，不知道！其實蠻好玩的。

每天到處看看，學些新東西，你才能激發很多的創意。你如果沒那麼有心，不會有意識看到樹上的鳥在幹嘛，也看不見掛勾上面掛什麼，對不對？你應該去觀察這些東西。但你平常匆匆忙忙，怎麼看？什麼都看不到啊。

今天我帶兩個職員去吃飯，回來的路上看到一間櫥窗，我就跟職員說：「這幾件衣服的設計真是醜，你有沒有覺得？」

看過這麼多的櫥窗，每一件衣服竟然都這麼醜的還真是不多，管他多少錢，難怪生意會不好。這衣服很難看，連模特兒穿都這麼醜，一般人穿能看嗎？

我跟他們講：「你可知道，這種衣服誰會買？就是那種有錢的、沒水準的呆瓜！」他們就在笑。

於是，我又說：「你看，我都穿這種低檔的，最便宜的，路邊攤買的！」

他們聽了嚇一大跳，說：「啥？你都穿這麼便宜的衣服？」

「對呀！」

職員他們告訴我：「我看你穿衣服這麼有格調，還以為你都穿高檔的名牌。」

是呀，很多人都誤以為是這樣。我每次去做推拿，人家都以為我穿的衣服有多高檔，還以為我穿的是名牌。

其實，我身上的這些衣服很便宜，台灣夜市一件賣一百塊的。只是我看到喜歡的設計，會買個五到七件不同顏色，一件一百塊，穿七年都還沒穿夠、還沒穿完呢！一天到晚都在穿，不必穿什麼名牌，這樣就很好看，而且很有Style。

我有一次自己去夜市，一個人晃啊晃的，然後後來才發現，咦～我身上竟然沒帶錢！於是，我就打電話跟助理說：「快過來接我吧！」，不是因為我擺架子要你來接，是身上沒帶錢啊！身無分文，逛夜市有什麼意思？想要幹嘛都不行。我要吃個十全羊肉爐，去買個麻糬、吃個冰，差點沒錢付給店家，還好有一張鈔票藏在皮包裡面，是那種留著備用的。

在夜市跟老闆殺價也是很好玩。你可以觀察對方的成本大概多少，讓他賺多少合理，賺太多的當然要跟他殺價，這也是一種樂趣。不過，我通常都不會殺價殺得太厲害，因為我覺得他們做小生意的也挺不容易的，要賺就給他們賺吧，他們的存在對台灣的經濟真的太重要了。

有一次，我買了十副耳環。我問老闆說，你有沒有算我便宜一些？那老闆告訴我說，「拜託，我賣你十副，才賺你一百多塊！」我說：好啦好啦，聽起來好像很可憐，算了算了。因為大家的經濟都不是很好，這種小錢就讓他多賺點吧。

我去飯店吃飲茶，問服務生：「咦？你們沒打折啊？」他說：「其實我們比人家便宜，我們的蝦餃……」，講了一大堆。我說：「好好好，沒關係。」看起來很可憐的樣子，她很怕得罪我，又跑來跟我說：「接下來這道菜打折怎樣？」我說：「沒問題，大家都沒有什麼利潤，該你賺的就給你賺。」

很好笑。為了打折兩個字，我問一句，她必須回我十句，好辛苦。我跟她說：「不要緊，小姐，不要緊，我們還會再來吃，沒打折也沒關係。」

其實，我的目地並不是一定要跟對方殺價，也不是沒辦法再殺價，可是再殺下去真的沒什麼意思，殺成這樣，好可憐。

還有一次，我在花蓮買名產。我問老闆說：「來吧，多少錢，你自己說。」他就很客氣地給了我一個好價格。

我跟他說：「謝謝你，你人很好，東西也很棒。來，我多給你，也不必找了。」

老闆開心地說：「小姐，你人真好！」還一直堅持要還我零錢，非常有人情味。

經濟景不景氣，問路上跑的那些計程車司機最清楚。我偶爾會坐計程車的目的，是可以跟司機講話。那些司機真的知道好多事情，我學到怎樣叫車可以打折，還可以知道他們是怎麼樣跟別人搶地盤，也可以聽到很多時事，太物超所值了。

他們講的事情，不一定對或錯，可是你可以聽到他們的想法。比如說，有些司機會告訴你說他對兩岸三通的看法，然後聽到他跟你說：「啊～不是咱們台灣人過去發展，是咱的錢被人賺走了……」他就是會講很多東西給你聽，我就覺得滿有趣的。真的很有趣。有趣的地方，是因為他說實話，跟乘客不會有什麼利害關係，所以通常講話都很直接。

我問過一位司機說：「那你常去大陸嗎？」

他很老實地說：「是呀，去那邊玩女人。」

「那你自己都去花錢了，還講我們台灣賺不到錢？」

因為司機承認自己都跑去那邊泡妞，大陸小姐很多，台灣同樣的價碼已經沒有好的小姐可以玩了，所以他們就去大陸玩。一個夜店，上千個小姐兩路排開，根本沒什麼稀奇。你沒去過，還真的從沒見過這麼多女人，只要你講得出來要什麼款的，通通都找得到，看你要什麼腿長的、臉白的、什麼身高、什麼型、什麼身份背景的，通通有，小姐多到這樣……你說，男人怎能不好奇呢？於是，你聽著他一直說，很多結了婚的朋友，去了大陸都會心癢，那小姐都一個一個黏過來。你說經濟不好，很多人很窮，可是有錢亂搞的人還是多到數不清。

所以，有機會要去看外面看看，經濟蕭條的時候，窮人在做什麼，有錢人又在做些什麼事，非常的耐人尋味。

我之前去買滷味，就問老闆說：「怎麼樣，生意不錯吧？」

「還可以啦。」

「你看，你這滷味賣到好幾項都沒有了，我要的都沒有了。」

他說：「還好，還好。」

「都沒有感覺到不景氣喔？」老闆就在那邊偷笑。這個賣滷味的生意是做給上班族的，生意還不錯。

我就說：「最近大家生意普遍都比較不好呢！」老闆很低調的說，現在顧客買滷味，買是有買啦，只是買的量都比以前少一點，現在每一份就會少個幾十塊。

像一些糕餅店，生意要做好不太容易。吃排骨飯都吃不飽，幹嘛去吃鳳梨酥啊！你偶爾吃一次還沒問題，但誰要天天去吃麻糬，誰會天天去吃蛋糕啊？那些賣麵包的可能還勉強撐得下去，但是那種特殊的餅店，在不景氣的時候，生意真的不好做。

雖是素昧平生的「萍水相逢」，卻可以觀盡天下事。我的一生中受過許多萍水相逢的朋友們的幫助，有的從此未曾再見過面，有的就成為好朋友；但這種機緣，就如同「一見鍾情」般地美好。每一次的邂逅，都讓我覺得好神奇。

認識陌生人這件事，就像在森林裡看樹、在珠寶店中選珠寶，或是藝術家再挑選材料一樣。世界有如此多琳瑯滿目的素材，猶如萬花筒一般的亮麗，而你常會驚訝地發現一塊美好的璞玉，這是生活中可遇不可求的藝術，叫人醉心！

一心二十七用

# 之二十七 教育

# Education

教育是我最重視的話題。

教育是人類文明成長跟承傳必備的元素，它是生命本質裡面一個非常重要的元素，它就跟空氣、水一樣的重要。如果沒有教育的力量，沒有學習成長，生命將會是黑白的。

教育，要有人會教，有人可以學。它是一個循環，必須有「教」跟「學」兩個不同的流向。

「教」 的目的，是為了讓對方成長，為了培育。

「學」的人是為了進步，為了了解，為了要到另外一個新的境界。

「教」跟「學」原本是兩個不同的方向，教的人可以幫助了解自己所教的內容，也會不斷地進步，提升到不同的境界，到後來會變成一個循環，這就是所謂的「教學相長」——在教的時候也是在學習，學了以後就變成會教 。

除了兩者是一個循環之外，「教」跟「學」分開來看，個別也是一個獨立的循環，雙向也是一個循環，所以會變成是三種關係。

小時候，爸爸曾經告訴過我一個思維：「你要學英文最好的辦法，就是去教英文。」他常常說，你去教，就會學，然後你就學會了；那是一個反向思考。當你想要教一個人的時候，你會有不一樣的學習方法跟思考方向；這跟你單方面去學習的出發點是不一樣的，但也因為這樣，你想要了解的心態是更深切、更認真的。

一個人在教或是在學的過程中，本身的思考或思想流動會源源不斷，有對流的方向，就像空氣的流動——打開了窗，就會有風一樣。教是一個循環，學也是一個循環；但教本身是一種學的提升，學了以後又可以教，總有三個循環在走——最後一個是一邊學、一邊教。這三個循環都是進步成長的方式，若能交互一起，將會產生更徹底的進步效果。

教育是非常健康的一件事。不僅教的人很有好處，學的人也很有好處，互相的幫助——因為教的人也會學到東西，教的人應該很高興有人願意跟你學。在學校教育裡面，通常不會有這樣的想法，因為一般上課就是我是老師，你是學生，你應該要聽我的……那種制式的教育其實沒什麼意義。但在藝術或是其他的領域中，一個好的老師都會很感激他的學生，至少我自己是這樣的一個人，我也有很多的老師也是抱著如此的態度。

我個人認為，尊師重道是應該的，但老師也應該要感激學生。像我自己就非常感激向我學習的人，我非常感謝有人願意讓我教。因為沒有學生就沒有老師，沒有學生的存在，老師沒辦法教，就沒有教育的可能，老師也學不到，也不可能再更進步。

這麼多年來，我教了這麼多東西，在這過程當中，我非常感謝我的學生。以一個公司的老闆或是總裁的身份來說，我也非常感謝我的員工訓練我，感謝跟我在一起的夥伴們，給我這樣子的機會做這些事。不管他們給了我多少的難題，這真的是很難得的學習。

有些時候，我覺得，要讓這麼多人一起教我一個人，真是天底下最偉大的一件事，也是天賜的福分。我的老師也常會跟我說謝謝，因為他也向我學了很多事情，這樣的師生關係才真的是健康且美好的。

一般的教育，是研究教材、教科書、理論的東西。從古至今有很多套學理，用什麼教？怎樣教？用唱的，用畫的，這些東西都是技巧，都是理論。譬如教美術、教舞蹈，我們都會設計課程，怎麼排進度，需要哪些教具、教材、觀摩，這是一般人比較熟悉的「教育」。這是大家都知道的東西，就不必去費周章再去說明。

我個人認為，教育比較重要的是回到原點——教育只是為了生活。教育所有的一切，都應回歸到生活中，讓生活更美好，更了解如何生活，更自在、更快樂幸福地享受生活。這才是教育的目的。

現在學校教的，通常只重視學生在專業領域上的表現，為的是分數、考試與文憑，但是忽略了與生活的連結，甚至與生活毫無關係。受教育是因為要工作，要求生存，要與人互動。你在學校要拿文憑、要被別人看的起，這些都沒有錯，但失去了很多的平衡點。

這裡畢竟是以一個生活藝術家的角度，講的不是學校教育。生活藝術家所重視的，是生活裡面有哪些東西，是教育中一定要教的？有什麼方面是為了生活一定要學的？

舉例來說——話該怎麼講，意思該如何表達？這件事情很少有機會去學，因為大家每天都在講話，也都以為自己會講話，以為把話講出去就好。但話講的好不好，影響到自己所有的事情，從來沒有人真正教過這門重要的學問。

你早上起床跟枕邊人說什麼？

你跟鄰居怎麼打招呼？

出去辦事時跟誰講話？要講哪種話？

你講這句話的目地是什麼？

怎麼講才能讓人聽得懂，聽得舒服？

講話就是教育應該要列入的基本項目，因為你活著就一定要講話，怎麼能不學呢？不只要學，而且還要學好，學不會一輩子慘兮兮。

一個沒修好的生活學分，會讓你的人生永遠不及格。你的命運怎麼可能會滿分呢？又怎麼會快樂呢？

再舉例來說，食衣住行。講到食衣住行，一般人就馬上想到要吃什麼、穿什麼、買哪一種房子、開哪一種車。但是，那都只是物質的領域，就像是書本、教材之類的那些東西，是屬於「硬體」。至於怎麼吃才是對的？怎麼吃可以顧到養生？怎麼樣吃是適合你的？怎麼樣吃才不會胖？怎樣可以穿得美？住得舒服？這才是生活應該要學的「軟體」。

好的硬體固然重要，但使用這些硬體不保證你會懂「軟體」，你也不可能因為硬體好，你就有能力可以學會「軟體」。

我喜歡把生活裡的每一件事情都變成藝術。只去做一件工作沒什麼藝術可言，因為這種模式就是勞資雙方的關係——上班、下班、領薪水，就沒有了。這種事情不算藝術，藝術不會是一定的固定形式。

既然是生活藝術，到最後的目的還是要美，要自由，要快樂，要空間。一般教育容易忽略的，就是你的感受。你是不是很狹隘的生活？是不是覺得有發揮的空間？是不是覺得自由自在？是不是感覺快樂，有衝勁，有熱情，是滿足的？這就是生活裡非常重要的一部份，卻很少人探討。

教育必須包括老師的愛以及學生的快樂。學到了，開心了嗎？學會了，是不是能了解、能運用了？你學習時的感受如何？你有什麼體會？有什麼感動？這些非常重要，也是老師在意的成果。

在這個功利主義的社會，大家見面只會問：「薪水多少？滿足嗎？可以拿更多嗎？」或是說：「最近婚姻怎麼樣？生了沒？」可是，他卻沒想要了解兩個人感情怎麼樣？有沒有如膠似漆？那個感覺讓我覺得，現在的教育讓生活中的精神領域完全偏掉了，因為學校教的東西全部是應付這個機械式的社會體制，就是把你教成機器人，教你要穿西裝，要拿認證，要講術語，那種生活像是在套公式。

可悲的是，即使學校制度所要求的目標是如此，也還是沒教好。

為什麼我要一直強調生活化？其實生活化本來就是正常的，如果學了東西不是為了生活，那為的又是什麼？有些人在講事情，你可以仔細聽他講話的內容，他把生活跟這件事分別獨立出來，就像工作是一檔事，生活又是另一檔事。這就是不快樂、沒在好好生活的根源。

「我在執行專案。跟工作無關的事，等我做完再說吧！」

「我現在在養病，有什麼事，等我好一點再說吧！」

那請問一下，你在執行專案的時候，要不要生活？在養病的時候，有沒有在生活？工作就不用吃飯了嗎？養病就不用跟別人講話了嗎？這樣很奇怪吧？這對我來說，簡直是不能理解，太誇張了！

「啊，我在加班啦，少囉唆！」

「不要一直打電話給我，現在很忙啦！沒時間跟你講話！」

也就是說，他在那個時段裡的生活是空白的，他呈現完全真空狀態。

「Hello！這位先生，你有在活嗎？」

他告訴你：「嗯，三點半以後再說啦！」

「……什麼？那現在呢？是地球不轉了嗎？」

那種感覺讓我覺得很訝異！一般人有點忙過頭，忙到變茫，最後變瞎子，對什麼事情都麻木不仁，就是忙、茫、盲。

我非常反對這樣的生活。會講強求「生活化」，就表示平常的生活並沒有真正在活，自己過的生活跟真正想要的生活是脫節的。

那你平常的生活是什麼化？工業化？商業化？機械化？還是化學化？還是其他各種什麼化？當你的生活冠上了「某某化」之後，生活本身就被取代掉了，不存在了。

所以，我覺得不必要特別去要求生活化，一切都是為了生活，教育也不例外，教育就是為了生活。

講話，應該要教育。食衣住行，應該教育。怎麼當媽媽，應該教育。怎麼當爸爸，怎樣懷孕，怎麼樣養小孩，怎樣有美好的婚姻，怎樣的親子關係，怎樣跟員工、老闆、同事相處，怎樣交朋友……這些都應該教育，應該學習，都要進步成長。

教育是為了成長，成長是為了生活更美好，讓生命更豐盛。我要講的所有教育，包括國民義務教育，高中、大學、研究所、博士教育，甚至軍中、職場的教育，都應該生活化。好比當兵，當然訓練成會用槍、會跑步，打仗就等於是當兵生活的一部分，操練也是一部分，所以只要你當兵就非學不可，因為這就是軍人的生活。

所有的教育，就要從成果及目標把它倒著計算回來——你要怎樣的生活，就要怎樣的教育。所以，我常提倡要教育一個人怎樣當男人或女人，要教育一個人怎樣做老公或老婆，要教育一個人怎樣有家庭的生活，怎樣跟老闆與同事相處等等，我非常著重這方面的教育；因為這個人學了後會活得更好，更精彩，不會跟生活脫節。

「賺錢，是為了讓生活更好」，這只是極少部份，一般人卻把它變成了百分之九十九，一切先有了錢再說——有了錢才結婚，有了錢才換工作，有了錢才退休，有了錢才怎樣怎樣……什麼事都是先有錢再說。可是，生活並不是所有的東西都是錢。難道有了錢才能活嗎？那沒錢時，生活在哪裡？就不用活了嗎？

生活是活著，快樂的活著。快樂的活著一定是都用錢來決定嗎？未必吧！把這件事反向去探討，有錢人一定都過的比較好嗎？過的快樂嗎？親子關係好嗎？婚姻幸福嗎？身體健康嗎？情緒正常嗎？他是不是覺得自由？你問自己就可以知道，錢是不是那麼萬能。

也有人說：「沒有錢，萬萬不能」，這句話錯的離譜！應該要跟全世界宣布大錯特錯！有沒有錢，是從一個人的願意開始。因為你想要有好的生活，所以萬萬都能，而不是沒錢所以萬萬不能。如果沒有好的生活，就是萬萬不能，萬念俱灰。

要有好的生活，就要有好的教育，就一定要進步成長。今天社會上所有的問題，像是年輕人不願意結婚，離婚，婆媳問題，家族問題，經濟問題，汙染問題……等等。

簡單說，這些問題會發生，就是因為沒有教育或是教育失敗。他們是沒有良好教育之下的產物，無知、無能的可悲。

這些有問題的人像是文盲，說他是文盲並不是不識字，他的文盲是一種困惑與不自信，是生活中的文盲，或者是生活藝術的文盲。

他不知道該怎麼過日子，不知道怎麼跟人相處，不知道怎樣當個媽媽，不知道怎樣鼓勵他的小孩，不知道怎樣跟老公講話，不知道親戚關係之間怎麼樣互動，他不知道彼此之間想要的、需要的是什麼，因為他沒有學過。並不是他壞心，而是因為他沒有被教育過，所以不知道該怎麼樣去處理。

就好像一個沒有學過電腦的人，讓他亂按當然會出事，按到delete（刪除鍵），資料全部不見，因為他不會用。那麼，讓一個不會用電腦的人去做跟電腦有關的事，就像是讓一個不懂如何跟婆婆相處的媳婦去處理所謂的婆媳問題一樣，問題重重。類似這樣的事情不勝枚舉。

這些問題為什麼一直被討論，大家一直很茫然，似乎永遠得不到解答一樣？

其實，這些沒什麼好討論的，只是八卦及娛樂新聞，講是非，沒結果。

教育這件事，就是小孩子不懂事，教他就好了。你要教出一個童子軍，或是要教一個紅衛兵，你要教非洲的孩子去參加競賽，叫他跑、叫他跳，這都是教，也不過是一個方法去教他。

教，就是教育。如果都沒有被教過會怎樣？不是只有孩子有問題而已，爸爸不進步，媽媽不進步，婆婆不進步，公公不進步，家裡的思想不進步，生活當然不會成長。沒進步的人是落後的，是不文明的，他們就像是那種石器時代的人，用山頂洞人的想法跟你在一起過日子。就算你進步了，跟不進步的人相處，當然是一直撞到牆。

我是一個顧問，常常會聽人家說一些奇怪的問題，那些人覺得這些問題彷彿像是藝術的珍藏品或古董一樣，不是隨便遇到任何人都可以拿出來獻寶的。

其實，這有什麼好珍藏的？他說的只是非常簡單的一件事情，他只是在告訴我一個很不文明的人類世界裡的一個很難聽的故事，極度悲慘或殘忍，就像人殺人、人吃人的這一種噁心程度。

這些噁心事情的問題根源在哪裡，沒辦法討論，但這些人只需要教育就可以變好。因為沒被教過，打從祖宗八代開始就沒被教，現在落後的一塌糊塗，落後到小孩用打的，夫妻用虐待的；這種不文明被拿來當社會新聞，或是拿來成為世界奇觀，把它渲染成很恐怖的說詞：「請大家注意，不要生小孩，不要結婚」的那一種可怕的情況。

這些方法通通錯了，這是整個社會的盲點——把一個人的無知或變態當成新聞，將人的不正常、偏差錯亂做為娛樂頭條。因為大家所有的時間都拿去賺錢了，教的都是怎麼賺錢，沒有人去做真正的教育、學習、進步成長，最後就會產生反撲的現象；要是矯正不過來，就一直偏向歪軌去，成為一種惡性循環——離婚率越來越高、經濟不景氣、人與人不溝通，君不君、臣不臣，父不父、子不子，亂成一團。

我用比較極端的說法：把教育搞好，是拯救世界唯一的方法。為什麼我走教育的路線？為什麼這麼崇尚演講，這麼崇尚溝通？都一切是為了教育，為了教、為了育、為了活、為了成長。

不成長，就是死路一條，你不成長就是將軍，死棋。如果在下棋上來說，因為你沒有成長，一段的永遠輸四段的，他就是把你吃的死死，你就是沒辦法。一段沒繼續練，永遠停在一段的瓶頸，永遠比不贏二段的，永遠沒辦法突破。

老實說，就算進步了以後，還是會有很多問題。但是，人生有問題本來就很正常，你應該要抱著這樣的心態：有問題很可愛，有問題很棒！克服大問題就有大幸福，克服小問題就有小幸福，沒問題就沒幸福，這是很真實的道理。

很可惜，一般人接受的教育不是針對生活，現在的教育把學生變成制式化規格的機器，不懂得人生，不懂生活，只曉得考試、寫論文、賺錢。很多人一直在講要唸社會大學，因為他曉得自己在學校學的不夠，不過很多人又搞錯了方向，他又去寫更多的論文，拿三個博士學位，因為他一直覺得自己學的不夠。當然，學無止境永遠不夠，很可惜，他卻不知道自己不夠的是什麼。

也有很多人，從小到大都沒有太多學習的機會，那現在長大了，有了點錢，就學學跳舞、學學瑜珈，要不然學學種花、種樹，這些都很好，因為這些東西是很有趣的事。

人天生就喜歡學，天生下來就要學。從小孩子，從小嬰兒爬呀爬呀，拿這個、吃那個的，都是為了學。既然做每一件事都是為了學，只要活著就永遠沒辦法放棄學習，要是真的沒事幹，實在不知道要學什麼，因為沒有人告訴他要學「生活」，或是他以為這本來就會了，根本不必學，他就會想：「那，我去學英文吧！那我學日文也不錯，學完再學德文吧……」，想學的東西很多，反正要學的東西一定學不完。

所以，有很多人學紋眉，學化妝，或者學設計，學什麼都好。但是，不管你去學什麼，學的是物質領域的東西，比起跟學習「生活」跟「生命」，是兩種截然不同的方向。

為什麼現在心靈成長課程還是一窩蜂？

為什麼很多人還是去上成長課程？

為什麼佛堂總是座無虛席？

為什麼大家要去教堂做禮拜？

其實，除了信仰是一回事之外，我個人認為，這些事情表示人不管走到哪裡，都還是保有學習的天性，想要追求生活上的寧靜，或是生命中可以依賴的歸宿。

你一直在做禮拜或是上佛堂，就是在學習。你去基督教或天主教會，他會要求每個參加的人帶一道菜，你就煮一道菜過去，這也是一個學習。不同的團體裡會有不一樣的稱謂，這個關係也是一種學習，他們也是來學兄友弟恭，和睦敦親，學人際關係，大家一起學。有的人是因為要做生意，所以互相幫忙。這樣也是一種生活教育。

在佛堂唸經，是在幹麻呢？他們叫「修」，對我來說，「修」就是「學」。那修什麼？你幹麻修？就表示你想要更好，要超越目前的領域，要進步、成長、昇華，這都是學。學校沒得學的，那就到教會去學，到佛堂去學，或是跑去哪裡上課……其實，就是想要精神領域的進步成長。

去研讀聖經，或是心經唸一百遍，這也是一種學，是某種程度上面的「悟道」——領悟，讓自己的境界提升，或是變的更有意志力、更有耐力，磨掉個性的稜稜角角，或是治癒各方面的疑難雜症。不管用什麼方法都是殊途同歸，他的出發點就是為了學習，達到一個自己想要追求的境界。

這就是進步成長，就是學習，也是生活的一種狀態，也是一個藝術——修練的藝術。

生活裡也有一種事情沒得學——就是打電動、看電視。如果它真的可以學，那應該稱為電動教育，或者是電視教育。為什麼不把它稱為教育，而是娛樂呢？因為它沒有教育的意義。

玩電動的人硬要說：「我越打反應越快啊！」

「我學了很多種東西阿！你看，我還會開飛機呢！」

「一開始我本來是只能打一千分，現在我打到十四萬了！」之類的，他以為他有學，錯！那是一種機械式的練習。

為什麼打電動、看電視不算學到東西？因為那些事情，對生活並沒有真正的實質幫助。你每天倒在電視機前，一邊看連續劇，一邊吃零嘴，吃的越來越胖。你看完港劇看日劇，日劇看完換韓劇，韓劇看完繼續看其他的，看完這些東西到底要做什麼？這件事沒有讓你幹嘛，所以它才叫娛樂，因為你看完之後，你沒有學到東西。

「有啊，我有學到，學到阿信的精神！」

「我看了偶像劇，有學到男主角的深情款款！」

教育不是這樣的。教育跟科學是一樣的，A、B、C，碰！變成D，1、2、3，碰！接下來就是4，它是一定的，這才叫教育。就像我告訴你九九乘法，那九乘九一定是八十一，要不然就是紅色加黃色會變成橘色，它有一定的規則，它是科學的。

看電視劇哪有什麼科學？看到後來情結都是那幾種，一定有好人、壞人，然後好人到後來常常被壞人殺掉，有時候還要看導演的心情，到底是邪不勝正，還是正不勝邪？完全沒規律，沒有一定的道理。

在某些情況下，看電視劇會賺人熱淚，會讓人感動。可是，它是純粹用來娛樂欣賞，並沒有教你怎樣會變感動，怎樣會變成快樂。

你以為看電視能學會怎麼感動，「我們學戲劇的有教啊！」

「看電影就像看人生，有人情冷暖、世態炎涼……」

「你看那個演員多入戲，台詞講的就像發生在自己身上一樣！」

這些都不是真的感情。這些都是技巧，這是「匠」。

許多電視劇、粗製濫造的電影，表現的東西就是「匠」。像畫匠，只是依賴著熟練的技術去生產，作品裡卻沒有真正創新的精神，只有傳世經典才會變成畫家。

人家在拍電影的，有他們的藝術，可是看電影的人有什麼藝術？你的創新是什麼？反正就是翹個二郎腿，沒有奇怪的新姿勢來看電視？用什麼樣的態度去看電視？你用什麼方式來打電動？變成愈打愈厲害、反應愈快，愈有美感嗎？這跟藝術有什麼關係呢？

我個人認為，看電視與打電動這種活動，在人類的生活中並沒有真正需要的存在價值。它可以存在，但只是生活中的一個裝飾，算是一種奢侈品，娛樂有它的地位，但它不能成為生活的大部分。

我調查過，有些比較瘋狂的人，他們看電視或打電動，或玩MSN或是上網的，一個禮拜超過四十個小時以上，這種人超乎想像的多。我們平常上班一個禮拜四十個小時叫做full time，他的娛樂時間竟然超過四十小時，娛樂超過工作的量，很多人是如此。

重點是，他們的生活變怎樣？生活品質又如何？

從古到今，工作的量本來就應該是多過娛樂才對。娛樂對於生活來說，就像是吃cake、吃冰淇淋或是甜點，但是甜點不能多過於主餐，只是現在的人真的是甜點大過主餐，通通吃冰淇淋，通通吃紅豆湯，通通吃蛋糕，把薯條當正餐吃，很少吃青菜水果，很少的肉類、飯湯，這根本是本末倒置了，生活也就出軌了，當然會出問題。

打電動、看電視是娛樂，它並沒有太多的教育價值，它也談不上是真正的藝術品質。但現在這些東西竟然充斥的這麼厲害，就會讓教育失效，完全失衡。

為什麼？

當教育好不容易把一個人教會以後，他有四十小時在使用他所受的教育，其他的時間都在娛樂。因為他打完電動很累，看完電視沒體力，甚至原本工作的四十小時也分一些出來看電視、打電動。這是偏掉的教育，也是為什麼我反對看電視、打電動的原因。

其實，社會上也有人提倡反對看電視或打電動的。但是，我反對的原因，並不是因為我反對這些行為的本身，而是它存在的負面影響會讓教育失效，讓一個人的心慢慢麻痺，像是慢性吸毒。

教育的目的，應該是要讓生活更美好，讓你更快樂、更自由，甚至賺更多錢。但是當你受教育的時候，電動跟電視會把你徹底打敗了。它打敗你，也等於是間接的擊潰了教育。

當某件事物可以打敗教育的時候，人類是會滅亡的。這事情很可怕！

然而，現代的社會大家工作很忙，父母會想，還是買個電動玩具給小孩子玩，而且大家要看的節目都不同，乾脆每個人房間各裝一台電視，讓大家看個過癮。這個情況其實非常危險，它既不是教育，也沒有藝術價值，光是這兩個理由就違反了生活藝術的基本條件。

電視是單向的接收資訊，它不是雙向的互動。當你在學習任何事情的時候，應該是互動的，你跟電視的學習是沒辦法互動的。

所以，電視會有一種call in的節目，為什麼要call in？就是希望跟人互動，但也僅止於「娛樂」效果，不會有什麼太多的進步成長。

那麼，看電視又更慘了。看了三小時，請問一下你能講幾句話？所有看電視的時間都是這樣，所有的資訊都是一直進來，沒有出去，無法平衡。這就是現代科技社會讓一個人生活變笨的秘密，也變得不會講話。

常常打電動跟常常看電視的人，這兩種人最後共同的症候群，就是變成呆滯，消沉，意志力薄弱，比較難以入睡，不愛跟人家講話或根本不會講話，甚至於降低他的性慾。

以前的電視、電腦都有輻射，電腦族長期使用的副作用來自它的輻射，傷眼睛、傷腦、傷心臟，還會影響到整個免疫系統。電視、電腦看太久的人，早上起來常還是很疲倦，精神不濟，而且腰痠背痛。它的影響力，遠遠超過一般人的想像。

我們好不容易用教育栽培出了人才，他們就像有機的蔬果，但是電視、電腦跟電玩就是空氣裡面的毒氣、污染或農藥。栽培出來的有機蔬果最後又被汙染跟農藥給糟蹋了，那我們那麼辛苦栽培有機蔬果要幹嘛？

這件事讓人非常痛心。教育最後效果不彰，因為電視、電腦就像海嘯、颱風、地震一樣把人淹沒，全部的年輕人都被波及，甚至連老一代的人也開始看電視，或是上網賭博、打麻將等等。

像是用電腦網購或是越洋通訊之類的，還算是無可厚非。但是當每天半夜通宵一直在打電動，或是每天都不跟人家講話，整天也不出門，老的、少的全部變成宅男宅女，這就完蛋了。

我曾經到一所大學演講，有個教授跟我說：「我們都是電腦一族的，我們都是機器人。」他稱呼自己為「機器博士」，不過這是有點調侃諷刺自己的說法。

他說：「喔，我們看到人是都不打招呼的。剛才在走廊上看到的同事都不會跟你講話，但是當你一坐到電腦桌前，他就用即時通訊問候你說：今天好嗎？」最誇張的是，明明他就坐在你隔壁，但是兩個人就這樣打字聊天，不講話。

這不是一個笑話，這是一個非常荒唐的人類現代進展史。他們彼此見面不講話，但是坐到電腦前面，看到對方上線竟然會打招呼，是不是莫名其妙？這是大學教授的生活，更不用講到玩電腦的小孩，簡直是完蛋了，my god！

很多父母都一直在問我說：「陳顧問，怎麼辦？我的孩子從學校回來都不講話，都關進房間打電腦，只有吃飯的時候出來，吃完又回去閉關……」

父母幾乎沒有辦法跟孩子講話，他如果不是盯著電視，就是盯著電腦，他都不理你，父母覺得非常痛苦。現在小孩子連走路都在打電動，我們的世界還有什麼希望呢？讓人痛心！

所以，那些一天到晚打電動、看電視的人，常會被我臭罵一頓，我苦口婆心地一個一個跟他說，不准再打！其實，我知道我救不來，但還是死馬當活馬醫，只能救一個算一個。救一個人的精神跟過程，簡直是心驚膽顫；但救不起來的那種感覺，讓人真的是肝腸寸斷。

我很重視教育，教育是拯救世界唯一的管道，但是現在出現一個這麼可怕的教育殺手，讓世界變得奄奄一息。人與人之間沒有過去時代的緊密交流，只依賴著虛擬世界的連結，藝術就要滅亡了，生活就縮小了，沒有真正的自由，沒有溝通的樂趣。

話說回來，你常會看到身邊的人去學很多很多東西，為什麼？這證明了人真的喜歡學習，跳舞、打球之類的運動為什麼要找教練？這就是為了要學習，都是為了教育，也是為了生活；增加生活情趣，提高生活品質。

基本上，一般人應該不難了解也會支持，教育一定有它存在的必要，而且教育的價值真的非常非常偉大。教育最可貴的是一定可以教，重要的是學習的意願，而這過程及方法就是一個藝術。如果不能真正的學，它就不會是藝術，這也是我多年在研究的事情。

人類之所以偉大，就是因為有「教育」的存在，能學習、有進步，就會讓人快樂。在教學相長之下，生活充滿了樂趣及色彩；教育延伸了藝術的範圍，也提升了生活的內涵及品質。

後記

# Just for Creating!

這本書裡所講的內容，沒有一個標準，也沒有對錯。我們講的都完全純粹是創造，這種感覺是人世間最美麗的力量——就是純粹講創造，沒有什麼對錯。

那是一種風格，你沒辦法跟我一樣，我也沒辦法跟你一樣，每個人都不是NO. 1，卻都是Only One，每個人都很獨特。

我本身的獨特性，會引來一些讀者的共鳴，我們活著就是為了創造，我們的生活就是要悠閒，沒有悠閒的人沒辦法創造，所以人生要很悠閒。有事沒事逛逛街，做一些無厘頭的事，去逛夜市，跟路邊的人亂哈啦，這是一定要的。如果你不這樣做，你的生活會少了很多的樂趣。

所以，就算你今天身為一個高級幹部或是管理者，你一定要常常旅行，或是一個人獨思。你不能不忙，因為你不忙就不能努力做事，努力工作就是在創造創意。那創意要幹嘛？就坐公車、搭火車到處看看，跟周邊的人用心地談話。

我的生活常跟別人不太一樣，人家不太理解，我這個總裁平常在幹什麼事。

「啥？總裁昨天去跳舞？」

沒錯，我就是要去跳舞啊！你看我很忙，但我還是有空做很多其他的事情，這些都是生活必須的——跟所有會接觸的人不斷地溝通。

如果你除了工作之外什麼都沒有，不管你講什麼話，都沒有人聽得懂。你每天在那邊上班，人家覺得你的生活模式很老套，那種機械式體制下的螺絲釘，只能當做工的。我不是這種人，我是藝術家啊，我不是老闆，當總裁這件事情，只是我的藝術創作之一。

我的生活就是在創作。所以，我不會去想我的書會不會大賣，這不關我的事，我只管寫，會不會賣，不是藝術家的目的。如果你是為市場或為票房去創作，那是另外一種藝術家，那是一種工作，是一種商業。

當然，商業也是一種藝術。可是，一個真正的藝術家，他創作時絕對不是為了票房，他也不知道你喜不喜歡，但是他一定具有領導時代潮流的力量。

藝術之所以美，能夠感動人，是因為它有意義、有哲學、有愛，讓人喜歡。

比方說，我現在的髮型很特別，我怎麼知道會不會造成流行呢？可是我可以走在時代的尖端，可能變成潮流，也可能不會變成潮流，可是一定會成為經典，那就是我的工作。

藝術家有一個特色——他不需要迎合衆人的口味，他也不需要因為大家的需要才去發展，但是他可以明確點出趨勢，真正的藝術家是一個先知，觀察跟判斷比較超越群倫，所以他處於領導的地位，不是屬於互動或是參與，或是跟大家研討說怎樣做會比較好。

真正的藝術不是理論。理論只是學校老師或學者的經驗，你可以搜集一些經驗或是知道一些理論，但是這跟你的創造力沒有一定的關係。藝術是永遠活潑的，是永遠創造的，那些世界頂尖的藝術家在學校裡究竟學到些什麼？這是讓人非常質疑的東西。

或許，有的藝術家有他的理論，但那絕對是個人風格。所以，老師教你的那些東西，藝術裏面沒這個限制，你要學的是基本，基礎要打好，這是一定的。你可以有理論基礎或是有一套邏輯的學習或探討，但是我要強調的是觀察力跟判斷力，是個人生活的歷練，那些東西就不是學校老師可以教你的。

就算他教了，你也不見得會採取，因為你還是有你獨到之處，你還是有你的判斷，每個人都不一樣。

就好像說，股市分析師可以跟你講哪一支股票會漲、分析師可以跟你講現在情勢如何，你不見得要照他講的買呀！如果照他講的會賺，那他自己買就好，他為什麼要當股市分析師？可見他只能講，他不能賺。大部分在教人家股票分析的人，他自己是不買股票的，這就是理論派，這就不是藝術；他純為講而講，就像為開車而開車，跟司機沒什麼兩樣。只要你走的是理論派，最後一定會完全失去創意。

身為一個生活藝術家，我的理念是倡導每一個人去享受生活，鼓勵每一個人以藝術的態度跟眼光去看待人生。生活裡的每一件事情都可以練，你可以熟練、可以精、可以巧、可以精彩、可以驚艷，你可以擁有色彩、你可以豐富滿盈，而且，你真的可以美、充滿感動。

生活本來就是來享受的，日子要過得開心，人生本來就該如此。人的享受除了在於成長、快樂之外，還要有一個意境，在於提升自己的境界，這些都是可以學、可以練，可以突破的。

在這個物慾橫流、經濟跟金錢掛帥的社會環境下，我非常努力地鼓勵人們從各個層面上去感受生活，並且表達出每一個人生活上的感受，然後用各種我所知道的方法來分享。這本書裡，有很多我個人的看法與詮釋。對我來說，生活藝術家還有另一個層面的意義。我個人希望把這樣的態度跟精神推廣出去，鼓勵大家享受生活，在生活裏面有更多的空間去進步成長，把生活變得更美麗，而不是一種水深火熱的痛苦，這是我身為一個生活藝術家的使命。

最後，希望每一個讀者、每一個身邊的好朋友，不管是熟人或陌生人都能更快樂、更有能力，做自己生活中的藝術家，找到自己的感覺，讓生活更完美、更有趣、更精采。也希望人類的世界更幸福，更美滿，更溫馨。

祝福大家

生活如意開心過

創意不斷藝術活

成長進步有自我

事事創新有把握

國家圖書館出版品預行編目(CIP)資料

生活藝術家 / 陳海倫著. – 初版. –– 臺北市 :
創意, 2011. 06
(創意系列；10)
ISBN 978-986-84419-9-6

855 100010069

創意系列 | 10

# 生活藝術家

作者 | 陳海倫
責任編輯 | 劉孝麒
美術編輯 | 王尹玲

出版 | 創意出版社
發行人 | 謝明勳
郵政信箱 | 台北郵局第118-332號信箱
P.O. BOX 118-332 Taipei
Taipei City 10599 Taiwan(R.O.C)

電話 | (02)8712-2800
傳真 | (02)8712-2808
E-mail | creativecreation@yahoo.com.tw
部落格 | first-creativecreation.blogspot.com
印刷 | 世和印製企業有限公司

定價 | 380元
2012年11月二刷

生活藝術家

# 讀者回函卡

對我們的建議：

郵票請帖於此，
謝謝！

台北郵局第118-332號信箱
P.O. BOX 118-332 Taipei
Taipei City 10599 Taiwan(R.O.C)

## 創意出版社　收

封 口

請於此處用膠水黏貼

生活藝術家

# 讀者回函卡

謝謝您購買我們出版的書籍，請您抽空填寫這張讀者回函，並延虛線剪下、對摺黏好之後寄回，我們很重視您的寶貴意見，謝謝！

## @基本資料

◎姓名：________________

◎性別：□男　□女

◎生日：西元 ________ 年 ________ 月 ________日

◎地址：________________

◎電話：________ E-mail：________________

◎學歷：□小學　□國中　□高中　□大專　□研究所（含以上）

◎職業：

□學生　□軍公教　□服務業　□金融業　□製造業

□資訊業　□傳播業　□農漁牧　□自由業　□家管

□其他________________

◎您從何種方式得知本書？

□書店　□網路　□報紙　□雜誌　□廣播　□電視　□親友推薦

□其他

◎您喜歡閱讀哪些類別的書籍？

□商業財經　□自然科學　□歷史　□法律　□文學　□休閒旅遊

□小說　□人物傳記　□生活勵志　□其他

◎您對本書的意見：

內容：□滿意　□尚可　□應改進

編排：□滿意　□尚可　□應改進

文字：□滿意　□尚可　□應改進

封面：□滿意　□尚可　□應改進

印刷：□滿意　□尚可　□應改進

請於此處用膠水黏貼

first-creativecreation.blogspot.com

創意有心，讀者開心

陳顧問的facebook
www.facebook.com/consultanthellenchen